U0478101

时间的露水打湿了叶子

叶松铖 著

陕西新华出版传媒集团
太白文艺出版社·西安

图书在版编目（CIP）数据

时间的露水打湿了叶子 / 叶松铖著. -- 西安：太白文艺出版社，2023.1

ISBN 978-7-5513-2307-9

Ⅰ. ①时… Ⅱ. ①叶… Ⅲ. ①散文诗–诗集–中国–当代　Ⅳ. ①I227.6

中国国家版本馆CIP数据核字（2023）第005373号

时间的露水打湿了叶子
SHIJIAN DE LUSHUI DASHI LE YEZI

作　　者	叶松铖
责任编辑	党晓绒
封面设计	阮　强
出版发行	陕西新华出版传媒集团 太白文艺出版社
印　　刷	安康市汉滨区文化印务公司
开　　本	787mm×1092mm　1/16
字　　数	120千字
印　　张	10.5
版　　次	2023年1月第1版
印　　次	2023年1月第1次印刷
书　　号	ISBN 978-7-5513-2307-9
定　　价	58.00元

版权所有　翻印必究
如有印装质量问题，可寄出版社印制部调换
联系电话：029-81206800
出版社地址：西安市曲江新区登高路1388号（邮编：710061）
营销中心电话：029-87277748　029-87217872

风铃声声（代序）

　　人生如白驹过隙，蓦然回望，已是风飒飒、木萧萧的秋季。

　　或许是年龄的原因吧，一些莫名的感慨，陡然间像风铃一样，时时在耳畔叮当作响。那飘荡的音韵，细腻而又婉转，它轻轻地叩击着我的心田，清亮、悠长……我被记忆唤醒，思绪仿佛像一只有力的手臂，将那些沉寂在湖底的感怀、思念、忧伤，一股脑儿拽了出来。它们带着天然的光华、天然的意趣、天然的风采……

　　时间洗涤一切，也记录一切。洗涤的已无法还原，记录的也日渐模糊。我感谢那夜夜在我耳畔摇荡的风铃声，是它勾起了我的记忆，将深藏于心湖的底片，重新冲洗。无论稚嫩或是练达，无论肤浅或是深邃，这些还原的影像，都以自己本真的形态呈现出来，稚拙中自有一股清雅之气。这是语言自身的骨力，是情感在丰厚的表现中所凸显出的柔韧的质地。我坚信，思想承载的重量会让思想者的脚步更加稳健。这或许是一种真正意义上的成熟，它抵达了我这个年龄所能抵达的极限！

　　一晃又一个十年过去了，人的一生中能有多少个十年啊！青春在跋涉中慢慢变老，岁月在人生的起伏跌宕中也渐渐显露峥嵘。而此时的我已是两鬓

1

斑白，皱纹宛若藤蔓爬上了额角。时光的烙印火烫灼人，我常常感到身后有一根无形的鞭子在驱赶、抽打，督促我一路前行，但不知怎么，思绪却又在不经意中一次次回返昨天。我不由得放慢行进的脚步，将那些记忆里的碎片，小心翼翼地拼接、还原，从容地梳理、归类。那时岁月的风铃声依然清晰在耳。就这样，恬静的等候中，沉潜的意绪悄然磨平了一些粗糙——月光下，芙蓉出水了！

散文诗集《时间的露水打湿了叶子》，是我在2014年至2022年九年时间里，一章一章写出来的。毫不夸饰地说，我写得轻松而又自在。好些诗就像一帧帧保存完好的底片，只要稍加冲洗出来就可以了。文字是相同的文字，词汇也许也是相同的词汇，但情感绝不是旧的情感。它是我自己的，是痛着、爱着、奔突在血管里的新鲜血液。著名作家汪曾祺有句话说得极好："语言的美不在一个句子一个句子，而在句与句之间的关系。"这里的"关系"其实就是连缀语言的情感。情感的真实、生动、质朴，才能让文字生色，让句子活络。我将语言种在情感的土壤里，我确信它会熔铸我的气血、牵动我的心跳。

散文诗集《时间的露水打湿了叶子》终于在这个瓜果飘香的季节分娩了。此时，一种幸福感油然而生，而伴随着这种战栗的感觉，我释然了，就像一下子卸掉了身上的包袱……

2022年10月1日

目录

第一辑　世俗哲学

那些早已淡去的人和事（外二章）　／003
轻到不能再轻的时候　／003
远去的，都是距离　／004
赏画（组章）　／005
女体　／005
意境　／005
枯禅　／006
剪辑生活的镜头（组章）　／007
秘密　／007
俯瞰者　／008
同学聚会　／009
木质的椅子　／010
我的心中不再隐藏秘密（组章）　／011
日子　／011
恋语　／012

灵魂在黑夜走出	/013
悲悯	/014
火焰	/015
虚假掩盖不了崇高	/015
静坐	/016
走失	/017
泄密的高粱	/017
暗恋	/018
灵魂自白	/019
过往（组章）	/020
梦呓	/020
唱腔	/020
眷恋	/021
写意	/021
成长	/022
卸装	/022
自嘲	/023
寓言	/024
转眼间，一切都是新的开始（外二章）	/025
山顶上	/026
牙疼的时候，我在削一只苹果	/027
老了的感觉	/028

第二辑　故乡秀色

紫阳纪事（组章）　　　　　　　／031
　紫阳民歌　　　　　　　　　　／031
　紫阳真人　　　　　　　　　　／032
　紫阳茶　　　　　　　　　　　／033
　紫阳会馆　　　　　　　　　　／034
　紫阳蒸盆子　　　　　　　　　／034
　作家与紫阳城　　　　　　　　／035
民歌调　　　　　　　　　　　　／037
民歌调里的紫阳情（组章）　　　／039
　迁徙汉水　　　　　　　　　　／039
　拉纤的郎　　　　　　　　　　／040
　茶山传情　　　　　　　　　　／041
　一阕苦歌　　　　　　　　　　／042
　祖母出嫁　　　　　　　　　　／043
　生命绝响　　　　　　　　　　／044
汉水谣　　　　　　　　　　　　／045
紫阳与一个道人的传说　　　　　／050
紫阳记忆（组章）　　　　　　　／054
　古渡口　　　　　　　　　　　／054
　会馆里　　　　　　　　　　　／054
　邂逅　　　　　　　　　　　　／055
我属于土地（外二章）　　　　　／056
　紫阳水色　　　　　　　　　　／057
　正午的情绪　　　　　　　　　／058

捂在胸口上的故乡（组章）	/059
把汉江装在瓶子里	/059
祝福安康	/060
山城素描	/060
站在汉江边的码头	/061
收藏记忆	/062
陕南道情（组章）	/064
云之思	/064
水之韵	/064
山之恋	/065
城之歌	/066
雨之情	/066
年景	/068
汉江	/072

第三辑　思念之痛

晨光中梳头的母亲（外一章）	/077
母亲坐过的椅子	/078
给天国的母亲写封信	/079
怀念父亲（组章）	/082
父亲的鼾声	/082
父亲的林子与河流	/083
父亲之死	/084

清明抒怀	/085
有一种痛，在心灵慢慢结痂（组章）	/090
南方与北方的爱情	/090
预约	/091
等你	/092
想了又想……	/092
那两个字	/093
把我交出去	/094
爱着	/094
雨季	/095
拥抱	/095

第四辑 光阴记录

报道春天（组章）	/099
春讯	/099
报春鸟	/099
早晨	/101
油菜花开了	/101
麦子，恋爱的季节（二章）	/103
农夫与麦子	/103
麦子与镰刀	/104
时间的露水打湿了叶子（外一章）	/106
山坡上	/107

与水有关（组章）	/ 108
打鱼人	/ 108
等待活水	/ 109
一条溪流的命运	/ 109
池塘里的月亮	/ 110
光的片段	/ 111
夏的序曲（组章）	/ 113
夏之韵	/ 113
大雨过后	/ 114
晨曲	/ 114
秋天的心事（组章）	/ 116
秋意	/ 116
九月	/ 117
秋天的心事	/ 117
叶子	/ 118
一树金黄	/ 119
这个冬天（组章）	/ 121
冬雪	/ 121
拔萝卜	/ 122
瓦蓝	/ 122
童年的记忆（组章）	/ 124
童年的木走廊	/ 124
童年的桑葚	/ 125
凉爽，流入心田	/ 127

倒计时（组章）	/128
转角处	/128
倒计时	/128
等待霜降	/129
怀念劳动	/130
迁徙	/130
追问	/131
豁然	/132
时间已经过去	/132
开花的石头	/133

第五辑　历史况味

读史（组章）	/137
拜谒老子	/137
道德歌者	/138
庄子拒往	/138
建安铁性	/139
城门的含义	/140
唐朝豪气	/141
唐朝血色	/142
中国的青花	/143
我眼里的海子（组章）	/145
海子的麦田	/145
海子，把收获留给了别人	/147
凡·高的向日葵	/148

诗人骆一禾	/ 149
压轴（组章）	/ 152
吃茶去……	/ 152
备案	/ 152
传唱	/ 153
压轴	/ 154
日落	/ 154

第一辑 世俗哲学

那些早已淡去的人和事（外二章）

那些早已淡去的人和事，突然出现在翻过去的台历上。
日子和时段，成为醒目的标记。
岁月在苍老中褪色，却又在褪色中炫耀记忆。
人和事，在一部书中穿越，影子的背后，隐约留存了零散的记录。

那些早已淡去的人和事，以时间的锐利，刺痛某处神经。
让幸福像疼痛一样温暖。心海泛起的潮汐，渐渐重叠成一部书的厚度——情节、人物，栩栩如生。

轻到不能再轻的时候

这是风的拂动，她以游走的方式，抒发隐逸的温馨。
轻到不能再轻的时候，便化作无形。
那种与心跳一样急促的感觉，在眼前飘过。无声无息中，宛若漫卷的丝帛。

诗般的空灵，诗般的纯美，意绪丢在了没有平仄的句子里。

种在身体上的眸子，摄取恍惚的镜头；语言，吐纳着压抑的惊叹。

风在游走，轻到不能再轻的时候。

远去的，都是距离

就像风掠过林梢，让翻飞的树叶和自己击掌，秋天制造的落寞，总要等待阳春温馨的抚摸。

有一段空旷，渐渐形成心灵的川道，过往的车辆风驰电掣，连辙印也没留下。无法丈量，这巨大的空白。

然而，有些远去的，却带走了太多的失去。而距离，又何尝不是一种伤疤？只是很多在慢慢结痂、脱落，最后痕迹全无。

于是，忘记了远去的，包括再也无法靠拢的距离！

刊发于《星星·散文诗》2014年第4期下旬刊

赏　画（组章）

女　体

生命是一枚符号，在冷色的外衣下，有一种燃烧叫意蕴，有一种启示叫炫亮，有一种心跳叫明艳。

滑落了，那是被夏风掠走的轻纱。

千年的门扉紧闭，青铜的门环，夜兽在沉重地撞击。肌肤的光泽，文字无法着力，关于上古的神话，藏于早已被酒浆浸醉的竹简。于是，唏嘘和吟哦，在细雨中飘落。

生命在舞蹈、腾挪，一些鲜活的姿态，以柔韧的弹性舒展。灵魂在淬火中冷却，一袭锋芒，在香艳的风中，突然酥软。

文字渐渐丰腴，组成生命的器官，以万年的精巧，呈现宇宙的匠心和才气。

意　境

当静谧成为一种色彩，语言安放的位置便成了多余。

风丝丝如缕，清凉的空气在水晶的世界游巡。语言像绿草一样滋润，被咀嚼的味道，此时，透出早春的清淡。

芬芳在碧水里孵化，一种诗意的暖流，沿着草甸扑腾自己的翅膀。鳜鱼、鲈鱼、鲤鱼，开始向春天炫耀，金色的鳞甲上挂满了太阳的勋章。

悠闲的蹄子比春天还要自在。旷野中，马的呼吸传递着语言的欢畅。一匹、两匹、三匹……

乳雾与山脊悱恻缠绵，姿态袅袅。语言以精致的排列，将诗的格局确定：听啊，是谁在甜美地朗诵？

枯　禅

倘若我枯槁的面容布满苔藓、筋肉长出菌类，那时，我盘扎的根正在向大地深处探寻。

我与佛扮成同一个造型，经文翻飞着黄叶的影子。

我的呼吸与天地的气息一道循环，黑暗的内心，被一盏明灯照亮。

我痛着也温暖着，我迷惑着也清醒着。

皱纹和苍然的白发，延续着经卷的长度。从我嘴里吐出的字句，一粒、两粒……落地便长出了嫩芽，而我苦修的姿态，早已被人忘却。

刊发于《星星·散文诗》2015年第5期

剪辑生活的镜头（组章）

秘　密

一位朋友神秘地对我说，有件事他要烂在肚里。我默然。

过了几天，朋友又说，这个天大的秘密，只有他一人知道。我莞尔一笑，扭过了头。

我知道，时间在开始垂钓了，那个所谓的秘密，已经摆动起了尾巴……又过了一段日子，朋友找到我说，不管你愿不愿听，我一定要把这个秘密说出来。

他挡在我面前，生怕我溜掉似的，他说得很快、很急促，以至于吐词含混。那简直是一种压抑得太久的宣泄，就像淤塞的沟渠，突然清除了障碍，水流湍急、浪花飞溅。

我不是一个卑鄙者，无意垂钓别人的秘密，只是时间的饵料，慢慢引诱了一些好事者的味蕾，最终有人迫不及待地"咬钩"了。

世界上所有被曝光的底板，都是人为的。

俯 瞰 者

你俯瞰的目光，其实在肆意篡改我的灵魂，让良善在你利锥的刺痛中战栗。

你无须站在高处，你的睥睨已标榜了你的身份、权势和威仪，而俯瞰，不再是一种倾注的关怀，它成了寄生在你体内的蛆虫。

你坐着，是一种俯瞰，没有人和你对视；

你站着，是一种俯瞰，高度无人超越；

你躺着，是一种俯瞰，所有的成长都被你压制。

你天生就是俯瞰别人的人，你从没有身在低处的感觉。你挑剔地看着世界，矜持地欣赏那些被蔑视、被侮辱、被摧折的人生景观。你的冷血，完全被俯瞰控制、猎杀、涂改……你在香艳与软语中，在黑白不分的好恶中，豢养了体内的蛆虫……

那一天，你坐在台前，一声咳嗽，显示你的气场。你轻蔑地扫视全场，继而是张扬的手势，中气十足的吐纳，你目光如炬，咄咄逼人。然而，麦克风从你手中滑落了，浑厚的声音戛然而止……

你带走了俯瞰的眼神、俯瞰的姿态、俯瞰的嘲弄和俯瞰的视角。那一天，气场消失了，人心的压力解除了，从此，没有谁再被俯瞰刺伤。角度变了，阳光的温馨与和煦回归心田……

我曾自问：如果有一天，我坐在了台前，会是一个新的俯瞰者吗？一时，思绪翩翩……

同学聚会

相聚，时光完全裸露。

温馨祥和的氛围，洋溢着感叹，还有一份难以言喻的情怀。八旬高龄的老师拄着拐杖，颤巍巍地走了过来，挺直的身板，依然像站在讲台上授课时的样子。

同学们大多变成了老苍头，银白仿佛是今日聚会的主打色调。岁月在每一张沧桑的脸上雕琢了太多的内容，释放的浓度增加了相聚的意味。

今天只有老师、同学，空气里就只有这两种元素。老师的声音亲切而有力量：

"'同学'是你们彼此之间的统一称谓，是在座的每个人的共同的名字，因此，今天没有座牌，没有靠前靠后的顺序。不管你是部长、县长，还是处长、主任，这些或大或小的头衔，此刻一股脑儿全部摘掉。

"三十年后再相聚，我已是耄耋之年的老者，而你们也已韶华不再……"老师苍哑的声音有些哽咽了。

周围一片唏嘘、喟叹……人生这杯酒每个人都品出了别样的味道。

我的身后坐着一长串风光无限的人物，只是这会儿，他们全被老师摘掉了头衔，晃动着和我们一样花白的脑袋，脸上的高贵与威严像褪去的油彩，最后全都露出了清纯的本色……

此时，一组热烫的音符，在每个人的胸腔里发出共鸣的搏动——老师！同学！

木质的椅子

办公室里,我坐着木质的椅子。

大凡来找领导的,都轻轻推开门,笑脸盈盈地瞧瞧我,再瞧瞧那并不气派的椅子,末了,嘀咕一声:"是个值班的!"身子便缩了回去。

不是领导的我,自然少了很多应酬、很多烦琐,这当然还得感谢那把木质的椅子。因为它的朴素、简单和粗笨,没有谁会向这样一把普通的椅子行注目礼。

坐在这样的椅子上,我很平静。

我不必担心螺丝坏了、转轴松了,或是皮革老化了、木头遭虫蛀了;我也不必担心红头文件上的排序,我是靠前还是靠后了……

木质的椅子四平八稳,我只需每天掸一掸灰尘。

这样的椅子没有谁跟我争抢。它安全,我也安全!因为是木质的椅子,春夏秋冬,我一直坐着它。

木质的,一种气质,很稳很沉,绝不会摇晃!

刊发于《星星·散文诗》2018年第6期

我的心中不再隐藏秘密（组章）

日　子

1

嚼着青涩，在天空下，我们把日子捏来捏去。

童年、青年，最不缺的就是日子，最富有的也是日子。

那时，烦恼只是湖面的涟漪、林中的微风……每天都能撵上朝阳的步伐，而日子，就像长在我们身上的肌肉，充满力量！

不缺日子的年龄，是因为我们年轻，是因为我们行进的速度超越了日子。

我们不知道劳累，肌肉总是绷得很紧；我们不懂得倦怠，神经总是活跃兴奋。

我们大手大脚地挥霍日子。

在拥有日子的岁月，我们把日子像水龙头一样开着，任它漫流……

于是，随着水流变细、变小，我们才发觉，我们丢掉的不是日子，而是一去不复返的时光。

2

日子和我的年龄一起赛跑,我选择了村落和田野。

多雾的早晨,我起得很早,我的日子跟在我的身后,它的裤腿全被露水打湿。

我在山里绕着圈子,在细如藤蔓的山路上,蹲着,久久地,等着迷路的日子。

我不希望,年龄和日子成为赛跑的速度。

我把日子甩在身后,宁愿在乡下的一片菜畦里,摘水嫩的黄瓜,然后,边吃边等日子的到来。

我的日子是一个青春的日子,它长着修长的臂膀和发达的肌肉,而我的年龄在我的日子中,开始走向霜染的沧桑……

日子和我的年龄一起赛跑,我只有一遍又一遍地减慢奔跑的速度。

不是我不愿跑,而是日子对于我来说,是一部精彩的诗稿。

恋　语

立夏以后,火辣辣的日子就来临了。

也许接下来,我们会因丰收而焦虑,会因语言而烙伤某个部位。

镰刀的锋利,为季风送来酣畅的呼吸,麦垛与麦垛之间,在那个无风的晚上,窃窃私语。

我对爱人的倾诉，盛在了青花瓷碗里。

茶汤荡漾着夏的颜色：翠绿、金黄，抑或赭红。

我已经梳理不清那些语言的秩序。

走在静寂的田埂上，那些穿越童年的路径，显然被时光荒芜！

星光下，我遗失了诗歌中的村庄、遗失了太多的朴素，包括我情感中最纯净的元素！

我无法再回归从前。这个季节和这个季节中的颜色，都与昨天有了区别。

我怀念广袤的麦田以及老牛和村庄，然而意绪常常让我迷失。

岁月推进的速度，埋葬了往事，也埋葬了永恒。

而成长的记忆，让我们更加陌生。

我拾起脚下的今天，对爱人说，明天，我们去找寻那片麦田吧！

看麦子站立的姿态，是否还像我们的内心一样饱满！

灵魂在黑夜走出

人在黑夜比在白昼还要龌龊。

黑夜看不见，灵魂便大胆走出，一丝不挂！天亮还早，灵魂重叠在浓重的夜色里，鼓励一双丰满的爪子。夜色在拉长，蠢蠢欲动的灵魂，纷纷上路，没有瞌睡了，太多的爪子长出了欲望的指甲。

人把正面留给白昼，而把背面留给了黑夜。

黑夜啊，有人轻车熟路，有人攀缘如履平地。

洞悉自己，比洞悉别人难；掌控灵魂，比掌控肉身难。眼睛受灵魂支配，于是，很多人在白昼心盲，而在黑夜，瞳孔却能看清细微的毛发。

人在白昼戴着和善的面具。

白昼的微笑，一旦回到黑夜，就会金刚怒目，血口大张。有人开始磨砺自己的锋利，趁着夜色，卸下伪装，露出真相。

白昼只是黑夜的表面，是波光而不是深流。

在白昼，阳光晒暖皮肉，杀灭一些无关紧要的细菌。黑夜里，跳蚤和虱子，会将一些病毒带到灵魂中的梦境。于是，奸诈、恶毒、诅咒开始繁衍，终于会在某一天，左右一个人在白昼的意识。

悲　悯

我突然觉得自己很悲悯。

我把内心的所有坚硬，在一个幽静的夜晚，悄悄化去！我保留下可以生长悲悯的土壤，让惊涛静止、喧嚣沉落，让云团消散！而那些应该消融的，随着春阳的脚步，一点点渗入干涸的麦田。

我返青的懵懂，被悲悯催醒。我坐在浅黄的蒲团上，想象着清亮的颜色，想象着人怎样才能把自己还原成本真。

我坐在蒲团上，渐渐轻若飞絮。

我也许就是一滴清亮、一滴纯美、一滴酒香！蒸发的不属于我，我驻守在悲悯里。很多年以后，一粒胚芽会长成一道风景。

火　焰

一簇火焰在冬天的黑夜闪烁。

北风侵蚀皮肉，有一种绞痛，以雪的姿态曼舞，天空紧缩扩张的毛孔。冻僵的意识正在被痛唤醒，抚摸肚子，感觉一种温度的延续。

因为火焰，因为那一簇摇曳的光明，天空下的雪花，在飞扬中快意飘洒……

冬季的黑夜漫长，雪铺垫着一条洁白的道路。

痛的感觉，比燃烧还要滚烫。一簇火焰，是三月种下的，心灵中除了燃烧还有芬芳。

告诉黑夜，火炉旁煨一壶米酒、炖一罐牛肉、烙几个大饼。

吃饱喝足了，风雪中，继续上路！

虚假掩盖不了崇高

人的表相，有些感动是虚假的。

有人在开始贩卖自己的情感，很廉价。水无法煮沸了，我们只能感到一种温度。

人心所能达到的沸点，正在被一种冷漠消解。

把情感分类。该怒、该哭、该悲、该喜，仿佛有一种程序。这样的编排，在人肉的面皮下可以自动生成。

真实被冻结了，复苏需要时间。

崇高的山岳已经移位，只有苍鹰知道它的高度。我羡慕那样的巍峨，还有那双翱翔的翅膀。

意识里，有一种潜流在撞击、涌动。汹涌的雾霾突然退缩，我看见，挣脱束缚的力量，灿烂而又辉煌。一切都过去了，回归的洁净将重返道德的心田。

静　坐

我想在静坐中忘掉自己，忘掉烦忧、愁闷和病痛。

忘掉了，肉身是丛林里的一片叶子、大地上的一株绿草。

我去了哪里，我守护的神去了哪里？在静中，我的灵魂与一种晶体融合，我透彻了、纯净了，在了无纤尘的世界，光长出了触角，它从我的四肢百骸，轻轻拂过。

我找到了空灵，找到了忘我。

生命在进行一种蜕变，在静中蜕变。

忘我，那些欲望，那些得到和失去的苦恼。随着意识的安静，随着思虑的澄清，它们像身上的垢痂一样，被清洗掉了。

静坐，渐渐入定。心神不散，无欲无求。

于是，静是一湖的水，清凌凌的水。生命在水中融化，我看见自己的神，如莲花一样绽放，花瓣洁白、花蕊芬芳。

走　失

我们的城郭在延伸，河流改道、高山移位。

城市扇动着巨大的翅膀，羽翼的边缘，碰伤了稻田里的穗子和山坡上放牧的牛羊。

灰色的骨架，诉说钢铁的名字，我们的城郭不再褴褛，也不再忧伤。

没有尽头的街道，被霓虹点亮，在五彩的斑斓中，夜色迷惑了多少夜行人的眼睛。

城郭没有围墙，嵌入土地的铁钉，牢固地把一种高度送到云霄之上。

我们这些城郭里栖息的人类，正被一双手牢牢禁锢，灵魂在一种玄幻的空间里，不经意中失去了重量！

泄密的高粱

在高粱地里，我举着自己的灵魂奔跑。

肆虐的风，掀动着高粱的叶子。瑟瑟的声音，宛若琴弦在弹奏。

我的呓语，与世界上最寂静的声音相遇。

不该诉说的，都说了。

我被高粱地里的高粱哄骗。于是，我说，久埋的秘密、深藏的隐私，全都说了，我不怕你告诉谁。

因为，所有的高粱，包括这块绵延的高粱地，明天将被我收割。

而作为地块，我决计翻耕后，从此不再播种泄密的高粱。

暗　恋

有一天，我发觉自己已经中毒。我不知道是在什么地方、什么时间，缘于什么事。

我真的一无所知！

征兆起于心痛，接下是白昼恍惚，夜晚神思游移。我知道，这样的毒是没有解药的，它已注入我的神经中枢，与精神暧昧，与思维和解，与诅咒缠绵……我被抛掷、被撕扯，在意识缴械的屠案上，任由痛苦肆意蹂躏，我无药可救，完全被毒素控制了。

其实，从中毒的那一天开始，我已预知今生难有解毒的可能，我只能携带着病毒，一步步朝前走，直到情感被融化、被消弭，最后成为病毒的一部分。

刊发于《散文诗世界》2016年第8期；入选《2016中国年度散文诗》

灵魂自白

在灵魂的高度上，没有谁能找到标尺的刻度。

靠播种生长的粮食，其实已经无法维持增大的食欲。

感觉中，脂肪在增多，那些臃肿的赘肉，像穿在身上的皮袄。

灵魂在体内遭遇前所未有的压抑，旁逸斜出的枝干，在新的嫁接上，长出了怪异的果子：李子不叫李子，叫桃李，一棵树上两种果实结合而成的怪胎。

灵魂抱怨被抽取的胆汁，因为透支，因为被恐吓。

裹挟的日子，在荡涤中远离海岸。

漂浮，成了没有归途的飘蓬。

挥一挥手，一切逃离仿佛成为解脱，回与不回，灵魂蹲在扬起的白帆上。

此时此刻，海水浩渺，海水荡漾……

刊发于《散文诗世界》2014年第7期

过 往（组章）

梦 呓

翅膀，在浓厚的浮尘中折断。

雾霾减弱了风速。目测的坐标，留下一组虚假的数据；灵魂拉长声音的力量，重新朗读，只是书的篇幅日渐冗长。

翅膀能带走的，羽毛也能带走。

抒情的嘴猩红如血，倾诉的激越，让闪烁的星辰无力旋转。任由它笃笃敲击，光亮的瞳孔与夜空一道走失。

一段旅程，蝈蝈在深情地赶路。

陪伴的梦，吟咏着一曲感人的调子……远处灯火阑珊。

归期很短，梦游的曲子还要继续翻唱。

唱 腔

庸俗的表情，戴着精致的面具；失控的舞台上，灵魂正在陷落。

鼓瑟悦耳，金属的质地，烫伤了音符的嗓子。幕布拉开，管弦潮起。穿透时光的独白，在飒飒的风中坠落。

鼓点密集，一场登台的豪雨来不及化装。

吟唱中的苦味，缭绕成云，不经意间，淹没了青苍的大地。

夏蝉聒噪，声浪漫过西天的云际……燠热的情绪，混乱了季节的秩序。

于是，炙烫的六月，让一份无奈的挂怀——相思成疾。

眷　恋

与月光的赌注，招来好奇的眼睛。

金银的宝气，炫惑了世界的欲望。一年一度，一花一叶。丰茂在卓拔中催熟。看成色的浅淡，看籽粒的圆润。壮实的姿态，被秋风抽打。

倦了，枕着一缕野花的余香安眠。

摆渡的船已经走远。一袭乡愁，还在河岸游荡。

通衢替代了藤蔓的路径。翩然纷飞的幻影，渐渐迷惑了混浊的眸子。

怀念乡村的黍谷，怀念粗糙的温情。

那时，炊烟的醇厚，总能撵着人的味蕾奔跑。

写　意

狰狞的内心，雪花曼舞。

思绪，在被锈蚀的铁门里狂吠。

天涯绿草，苍翠了光阴的尽头……一支笔，抒写春秋的传说；一张纸，涂抹情感的水色。泡沫浮泛，涓涓清流，在干涸的河床消失了踪影。

洗濯的辞章，无法还原高迈的况味——世界很美，雪花很美，尘土中深埋的嫉恨，长出病毒的茎叶。

巉岩上，蜡梅悄然绽放——高贵的火红，深情地报道血色的明艳。

成　长

希望，埋藏在干涸的地下。天地孕育的成长，总有劫难伴随。

一簇嫩绿，唤醒沉睡的酣梦。千年的灵气，馥郁了色彩单调的构思。

拒绝浓重的脂粉，还有华贵的迎娶。

一次春阳的普照，一场酥雨的沐浴。在爱与不爱之间，抉择了一生的命运。

活在土地上，是宿命也是法则，扎下饱满的情愫，让吸吮成为一种可能。

纵然冲泡的水花，会洒落一些玲珑的颜色，

而留下的春天，却足以滋养一个丰硕的年华。

卸　装

穿着甲胄，逃避时光的追杀。

关山几重，蹄声挣脱浓雾的纠缠。夜寒露重，驱驰的灵魂，托不起沉重的肉身。

扮相，还留恋在曲折的戏中。虚拟的情节，滋味甘醇。哄骗肉身的灵魂，在台词里妖娆。醉香输送糜烂的幻梦，薄纱中的胴体，烤炙着一双欲望的眼睛。

戏中人与戏中魂，一旦隔离，便失去了重逢的日子。

现实的门是洞开的：景致烂漫，风声飒飒。

看甲胄褪去，柔软的骨骼在霜雪中慢慢卓立……

自　嘲

邂逅的面影，似曾相识。

隔夜的话语，从茶汤中溢出。收回伸出的枝叶，看泛黄的经络走进日光，情节憔悴了容颜，秋天的萧瑟在鬓角结霜。

就从变质的话语中提炼吧！

那些过期的养分，留给侥幸的时间去品尝。畏缩躲藏在眸子里，错失的言和，谢落了爱与被爱的心事。

勾画的图纸堆砌着从前的承诺；空虚的构架，等待填充的坚固。

背叛忠贞的唇齿，此刻正在溃烂。

一泓池水荡涤着惶惑的波澜。

受累的真实，在泥泞中趔趄。自说自话——有河就有扁舟，有岸就有风景。

远处的枝丫上，一枚转红的果子在颔首倾听。

寓　言

狐狸。皮毛交给了月亮。山林在玄幻中化作人形。

祭祀的鼓声低沉、喑哑。喧闹泛起，花的开合中，粉艳的姿容走出了深锁的庭院……

嗥叫，似狐、似狼。爪痕留给贪婪的猎人。雪天里的美景，在铿然的撞击中溃散。惊飞的毛血洒向空寂的谷底……

时间的寓言在波光里打捞，漏网的鲤鱼向龙宫递交了罪恶的渊薮。控诉是写给愚昧的状词，安妥的忏悔，摆放在高高的神龛上。

狐眼、狼眼，猜测着天地的秘密。归还皮毛的时间，让狐狸神情黯然。

纤夫的号子，嘹亮了清新的早晨，烟波的文采辞藻瑰丽。

江岸的峭壁伫立着神的使者。

据说，她就是千年前的那只狐狸！

刊发于《安康文学》2021/冬

转眼间，一切都是新的开始（外二章）

转眼间，一切都是新的开始……

那些被内心涵养的东西，此刻已翻越情感的堤坝，寻找奔逃的路径。乘坐莲花，归属的意义，从禅定的眸子悠然滑过，一对透明的翅膀，抖动音乐的节奏，空气开始甜润。看似关闭的窗户，其实已然洞开，春花绚烂依旧，一些诗化的语言，被风信子带来，散落在一部厚书的缝隙，根须慢慢变壮，而敲钟人，沐浴在太阳的余晖里，正用十二分的虔诚撞击自己——一下、两下……

转眼间，一切都是新的开始……

一曲歌谣从幼年唱到现在。烫一壶酒吧，往昔的椅子安静地等待，几枚青果，泛着泪光……夜色凝重，前世今生的疑问，在萤火虫的腹部忽闪。掐着指头，时间的痛却扎在心上，谎言与真实溶化在同一杯水里，分辨早已失去了意义。关于风景，总能编撰成一摞记忆，揣摩熬白了青丝，静谧的月夜琴音柔美，燃一堆蓝色的篝火，与爱人围坐一起，让心与心再暖一次。

转眼间，一切都是新的开始……

春华秋实。土地的契约，感动了所有的种子。季节带着生命的体温，在旷野里丈量孵化的场所。捕捉，春风从胁下穿过，栖息在河岸的柳枝上，摇摆的姿势让三月迷离……奢靡在风华之前，渐渐谢落，无奈堆积的枯萎，将肥壮一段鲜嫩的日子……虫鸣可闻，鸟声啾啾，烟雨中，拔节的庄稼葱葱郁郁，归于懵懂的意识，突然间醍醐灌顶，一滴清露落下，在莲花的蕊中芬芳四溢，此时，钟声□远——三下、四下……

山 顶 上

风与翅膀一起扇动，云被托起，纷乱的阵脚中，冲出一群逃逸的怪兽。

我与树挽起手臂，树在癫狂，而我仿佛即将失重。脚下的巨石像铅体一样下沉，我被举起的肢体，在节节升高。

远处灯火阑珊。一条墨色的江，此时，穿过山顶上的眸子，滤成了一条长长的细线。

时光老了，站在高处的脚踝，与树根一样盘曲。想到下颏的银髯，想到千百年后自己可能就是这山顶上的一块石头，毂觫的情感，开始发烫，一些唏嘘洒落下来，浸湿了凹凸的石头。

站在山顶，长风猎猎。融进夜色的影子，与山体重叠。而卓立的风华，像一株南国的乔木——星光下健硕挺拔。

牙疼的时候,我在削一只苹果

牙疼。果皮与果肉正在分离。丢弃的营养招来了几只苍蝇。

就让腮帮肿着吧。那些与痛痒无关的字句,哼唱着小调,拍打着蚊蝇的翅膀。听的权利留给了耳朵。斟酌,透过发光的瞳孔,辨别声音的力量。

那时,太阳已经脱去了冬日的皮袄,冰河的上游开始脆裂,巨大的块状物缓慢地向河岸挤压……羊在河岸张望,草一蓬一蓬的,摇曳着枯黄的季节。羊用角抵着强劲的河风,咩咩声像是风的哭诉。

牙疼。无语端坐。

味道在火炉上翻煮,那些比味道还要浓郁的醇香,正在漫过烟波的河面。缓过神来的文字,嗖嗖爬上了春秋的竹简。睿智从窗外飘然降落,此时握着刀柄的手,正在竹简上精雕细琢。

牙疼的时候,我在削一只苹果。

老了的感觉

老了不是一个简单的词汇。

颤颤巍巍，拄着拐杖，叩问路的长度。很多断断续续的思维，常常在黑夜溜出去，与散落在户外的消息，促膝长谈……记忆中的面孔，浮现在一些绽放的涟漪里，徐徐扩散、徐徐消失，而一对眸子，还留在黑白的镜头里，眨呀眨地，向远方注视。

故事的结局，构成了一个抽象的概念。只有一些偶遇、惊喜还有猝不及防的尴尬，总会在某个时候，走出封存的文档，不经意中摇曳出丰赡的内容……语言变得磕巴，健忘在完成一种品味后，放弃了回去的路。悲剧与喜剧，有时轻松地交织，一切随缘、随性、随意……树干皲裂，指向天空的枝丫，却骨骼苍劲；风化褪去了皮肉，点睛的笔墨，皴染在岁月的宣纸上，常有青春的线条弹动。

老了，过程和结局，仿佛还蕴含着一种力道，比起叶芝的诗，似乎多了一些奔涌的气血；对于逝去的片段，如数家珍；而隐藏在字符中的意义，抑或是忧伤的刺痛，都足以让人心跳许久。

第二辑 故乡秀色

紫阳纪事（组章）

紫阳民歌

一

仿佛能触摸到你——你的温度、你的柔软、你青翠欲滴的莹亮。

仰卧草丛，与天地同体。于是，你的气息，在我的周身循环。你颤抖一下，我的心就会撞一下。其实，不仅仅是我，还有山川、流水、林子，甚至包括飞禽走兽，它们和我一样如痴如醉。

这些天籁的调子，早已化作清新的空气。飘到哪里，哪里就能生长欢快的旋律。

村庄、田畴、原野、河谷，随手捞一把，满手都能嗅到歌的甜蜜。这是像庄稼一样从土里长出的歌啊，因为有土的味道、有土的生命、有土的灵魂，歌才赋有血肉，才会精神饱满、高亢有力。

真正的民歌不需要华丽的包装，朴实的质地超越任何精心打造的华丽。

那些动人的音符,是自然绽放的花朵,是父辈们痛快淋漓的呼吸。

二

种在土里的是粮食,长在心灵的是民歌。

粮食叫麦子、玉米、稻谷……民歌流转在岁月悠长的时光中,我们叫它"天籁"。

父辈在劳作的时候,民歌伴着他们——耕耘时,民歌是甩出的一声脆响的鞭花;收获时,民歌是汗水淌过脸颊的喜悦。其实,民歌更多的时候是一种情感的放逐、是精神的自我抚慰!

我亲眼看见民歌,从爷爷的烟袋锅里袅袅升起,从隔壁大嫂忽悠悠的水桶里珠玉般洒落;从放羊汉子厚厚的嘴唇中粗犷地吼出。

故乡,在朝夕演绎的光阴里,不只是收割了一茬又一茬的庄稼,还有和五谷杂粮一起生根开花结果的民歌。

紫阳真人

大约是五百年前或许更久远。

真人来了。紫色的霞衣——绚烂而又华美!西蜀的风霜浸染了竹杖、芒鞋,硬朗的神采,在蜿蜒的古栈道上,叩击出铿锵的节奏。

那一天,真人走出西蜀。前方,宛如大幕拉开,徐徐地,伴随一声悠长、婉转的嘹亮,先是任河一个猛子飞花溅玉,接下来是汉江碧波翻涌鱼游雁飞……水绕山环，伟岸的峰峦神采秀美，苍翠的林莽身姿窈窕。真人驻足凝目，继而抚髯畅笑，竹杖轻轻敲开洞穴，修篁敞开柔情的怀抱。藤蔓卷起，飞瀑如练，此时，夜莺歌喉清越，一弯新月映照碧霄。

寒来暑往，洞穴里紫气缭绕。面壁石窟，修持中寻觅真谛，盘坐中参悟大道。殚精竭虑，皇皇丹书在思想的鼎炉中淬炼成熟……正果修成，真人离去。道德化育山水，生命在祥瑞中枝繁叶茂。

真人走了，霞衣留下，那是一个人的名字，辉煌而又温暖——张紫阳！

紫阳茶

唐朝时，你已走进宫廷。

你典雅的气质与高贵的越窑青瓷辉映，那一天，风和日丽，不知是唐朝的哪个侍者，捧着你，献给了尊贵的君王。你泊在荷叶盏里，被君王的手托着，你瞧见了那双丹凤眼放射出的爱怜的光华，你陶醉了，陶醉在温柔乡里：泪眼婆娑、香魂飘逸。

你的质地决定了你的价值。

脱颖山野，根骨清秀。琥珀盛得下你，青瓷盛得下你，紫砂盛得下你，农舍里的粗瓷大碗也能盛得下你……生在山南，长于汉水，氤氲于名茶行列，追捧于田园、市井、寺庙、道观……说你小家碧玉，你却仪态万方、国色天姿；纵然出身清寒，却能亮相豪门、曼舞宫阙。

接地气，承月华雨露；通灵气，浴日辉仙霞。扎根汉水，香飘秦巴。天南地北名气动，五湖四海赏风华。

于是，一个官宦赞曰："自昔关南春独早，清明已煮紫阳茶。"

一位作家赞曰："无忧何必去饮酒，清静常品紫阳茶。"

紫阳会馆

色彩在柔和的日光下折射出缤纷，当年的勾勒依然弹动着生命的曲线。

粉墙其实已经晦暗、脱落，宏大的场景，仿佛在喧闹一种沸腾。庭院中的老桂树，挺拔的风采透出几许老迈，只是每年的八月，馨香照样醉了半条古街。

夕阳在软风中诉说当年的繁华，那时来自江西、武昌、四川、山西的客商，纷纷在龙盘虎踞的山梁，筑基填土，画栋雕梁：或站立成一派巍峨，或耸峙成一道轩昂。从此，这个叫"瓦房店"的小地方，烟波浩渺千帆竞渡，钟声悠悠青山回响……

女墙下蛐蛐在深情弹奏，前朝旧事早已颓废成泥，檐角的风铃还常常回到依稀的梦里，传说中的文字，留在了几面残存的壁画里，那或许就是我们的过去——一段正在风化的回忆……

紫阳蒸盆子

大年三十的一道压轴菜。

它比紫阳的名字还要古老，比紫阳所有的菜肴的味道还要绵长。

传说，刘邦途经紫阳，曾在一个江湾小镇大快朵颐。这位当时的汉王吃了几口菜、几块肉？是鸡腿、猪肘，或是海参、木耳、蛋饺、莲藕，抑或是啜饮了满满一碗醇香味厚的浓汤？不知道！但刘邦一定跷起拇指，砸巴着油腻腻的嘴，说了无数个"好味道"。

刘邦吃的是一道烩菜，它是紫阳蒸盆子的前身，是蒸盆子的雏形。

从此，蒸盆子犹如一页简单、质朴的手稿，在岁月中不断被人删改、增添、充实、翻新。

一个乌盆，盛着紫阳风雨兼程的岁月，盛着五谷丰登的期许，盛着文化的雍容和淡定的姿态……走进了紫阳的千家万户！

紫阳的山水、人文、风情，在乌盆里浓缩、逸散：武火催煮，文火慢炖。

于是，这鸡鸭鱼肉，这海参、木耳、莲藕……渐渐叠加成一部大书。它的厚重不只是味道，对于紫阳人，蒸盆子是一首乡愁缠绵的诗，无论多远，它也能将天涯海角的游子的魂魄唤回。

作家与紫阳城

那一年，贾平凹来到紫阳；那一年，贾平凹的名字还没有现在响亮。

好多年过去了，人们才知道炫耀：一个文坛巨子，曾在紫阳的巷子里迷失了方向。

那一段美丽，被贾平凹记录下来，文字很清纯，像阳春的柳丝一样摇曳，有一种曼妙的诗意。这个异乡人，操着一口浓重的商州方音，在紫阳的巷子里走来走去，迷失了方向。

这一番迷失，让贾平凹认识了紫阳、记住了紫阳。

那一天，他和他的同伴，在幽深的巷子里——一间素朴的小吃店，每人喝了一碗刚磨的热腾腾的豆浆，吃了两块紫阳风味的油糍……那一天，贾平凹在巷子里，拾级而上。二月的风乍暖还寒。空洞的巷子，光洁、青亮的石梯，被几个外乡人踢踏得山响。

谁家阁楼上的百叶窗轻轻撑起，有一朵花儿含苞待放，晨曦的嫣红涂上淡淡的羞赧，就这么一甩长发，银铃般的笑声洒满了石阶和小巷……

这是紫阳的水色啊，贾平凹喃喃自语，嗟叹这个巴掌大的"斗城"里，蕴涵着太多的诗情画意，只可惜，文字勾勒不出那一缕闭月羞花的鲜亮。

刊发于《安康日报》2015年11月12日

民 歌 调

一

绣鞋随着时间的烟波飘走了,那双三寸金莲,也在莲花的蕊中悄然萎缩。

五百年的秀色,葳蕤了汉江边上古老的村庄。夜里,常常有一种梦幻在浮动,轻轻地、轻轻地,一遍一遍拍打江岸的石头。木船停泊的河埠头,清清亮亮的水舔舐着残存的声音。

缆绳解了,纤细的身段在船舷边摇橹,欸乃声默数涟漪的纹路。想起绣鞋的缎面,想起祖母的小脚。五百年的秀色不止一个祖母,花轿是唢呐吹来的云,云有几片?

江边,总有戏水的鸳鸯,一对又一对,那是从绣鞋的缎面上飞出的。于是,民歌打湿了眼睛,泪眼婆娑……

二

织布机在响,梭子在飞。相思在眸子里蓄积。

郎又在唱了,歌声撑着云雀的翅膀……催命的鬼啊!声音软得像风。郎还在唱，唱圆了月亮……

祖母扔了梭子，下了织布机，晚风吹拂发烫的脸颊……郎还在唱，歌声被夜莺衔来，酸酸的、涩涩的，散发着三月的花香……祖母的抽泣化作热辣辣的诅咒："短命死的挨刀死的发瘟死的……"

那个叫郎的依然天天唱，祖母依然天天咒。两种声音纠结了五百年，渐渐沉淀在民歌里，被人咀嚼。

三

家在哪里？家在小县城。

穿东门，走南门，过石桥，绕凉亭。庭院里一棵大槐树，记住啊，姐在绣楼等你到五更。

郎去了，踏着民歌的音符去的。

五更天，槐花绽放，这是一次浪漫的旅行，这是一次冒险的相聚，这是一次胆量的验证。

民歌唱到这里，停了，只有槐花的香气在弥漫。

问祖母，郎去了吗？祖母指了指灯下那个编筐的老头，说：去没去，他最知情！

灯芯跳了一下，霎时，照亮一屋子的温馨。

刊发于《星星·散文诗》2016年第2期

民歌调里的紫阳情（组章）

迁徙汉水

山歌长，
唱起山歌赶太阳，
河谷唱上摩天岭，
立春唱到谷子黄，
日月多长歌多长。

——《紫阳民歌·日月多长歌多长》

迁徙，从南到北。不同的乡音在汉水之滨落地、生根。

是谁种下了民歌？是赵钱孙李还是周吴郑王？

祖母的爷爷的爷爷，在奔波的人流中，失落了行李，离散了兄弟，只有乡音还留在舌根。

一片片地块种下五谷，一座座山岭垦出希望。

五湖四海，南腔北调，不同的乡音在空气中聚合缠绕，还有那些酸涩的、醇厚的俚曲，悄然在山坳里、沟壑边、林莽中，袅袅升腾，如烟似岚。

冬去春来，种子拱出了土层。

裹挟在乡音里的音符，遇土则孕，她们与庄稼一同拔节、抽穗，渐渐籽粒饱满，生发出汗水的味道。

于是，那些粗野的、纯亮的调调，慢慢被时光和暖的手掌摩挲得灵光四射。

从此，汉江边上的紫阳，女人清秀悦目、男人洒脱倜傥。

祖母说，歌能养颜啊。

拉纤的郎

小小船儿下江河，
桅杆上面挂面锣。
响锣不用重槌打，
恋姐不好当面说，
只好唱支姐儿歌。

——《紫阳民歌·恋姐不好当面说》

嗨哟、嗨哟，船过了险滩。

嗨哟、嗨哟，江上升起了白帆。

嗨哟、嗨哟……

赤膊的汉子在河滩上拉纤，道道勒痕，诉说跋涉的艰难。

年轻的祖母站在高高的石崖上，像一株飘摆的杨柳。

五月的风，纤柔无比，带着祖母清亮、凄婉的歌声，悠悠然飘过河滩。

勒进肌肉的纤绳，扣着生死，系着牵挂，那个郎啊，一步一嗨哟，一步一血印……

嗨哟、嗨哟……

声音从胸腔吐出，回荡在高山峡谷，蜿蜒在千古栈道。

悲怆的颤音如丝如缕，祖母说，那是郎的喘息啊！

茶山传情

姐在茶林唱山歌，

郎在山上砍柴火，

你一声来我一声，

一个唱来一个和，

唱支山歌做媒婆。

——《紫阳民歌·唱支山歌做媒婆》

祖母的歌喉娆娆的，祖母的身材娆娆的。

十八岁的那个春天，祖母在茶山上采茶，清明前的一场细雨，浇绿了满山的翠叶，洗靓了祖母的容颜。

祖母晃动在一片葱茏里，纤纤素手翻飞……

怀揣着一颗萌动的心，芽头的芬芳与少女的迷离游弋不散，娆娆成云。

山下是一间茶坊，制茶的汉子就是那个拉纤的郎。

祖母的嫩芽卖给了山下的茶坊，郎啊，每天都在路口伫望，盼的不是那一篓篓鲜嫩的芽，而是那娆娆的歌喉，娆娆的腰肢，娆娆勾魂的豆荚眼——清澈如水的目光。

三月的茶山是多情的山，娆娆的民歌，泡出了茶的汤色，熏染了岁月中一个撩人的片段……

一阕苦歌

> 太阳出来四山黄，
> 姐儿出来晾衣裳。
> 手摸竹竿十六节，
> 数来数去总成双，
> 咋不见心肝我的郎？
> ——《紫阳民歌·数来数去总成双》

民歌和日子一起攀爬，与油盐酱醋一起调味生活的浓淡。

那潜入心底的一丝炙烫，常常于宁静中泛起层层波澜。难挨的不是日子，是祖母吃不香、睡不眠，魂牵梦萦的思念。

民歌在唱，如羽翻飞，越过丛丛榛莽，飘过道道深涧。

那个"心肝"的郎啊，是炉膛里燃烧的火炭，是行走在鞋底上细密的针脚，是油灯里徐徐熬干的灯油……

那个郎啊，一走便杳如黄鹤：他去了金州，下了武汉，或许驾船，或许拉纤……

民歌与苦守相伴，与白首成侣，直到草木颓废，兰花香散。

祖母说，那些留下来的歌子，是怨魂的泣诉，飘到哪，哪里就会聚云化雨。

祖母出嫁

太阳落土四山阴,
四山凉水冷浸浸。
劝姐莫喝阴凉水,
喝了凉水冷了心,
忘了你的心上人。

——《紫阳民歌·劝姐莫喝阴凉水》

祖母出嫁了。她没有等来她的"郎"。

民歌的倾诉,被雁翅带走……汉水苍苍,白露为霜……

那一夜,轿子,颠簸在林间小道。帘子跳动,月华的纤维,像呼吸一样细柔。

轿子载着祖母,乡愁浸湿了血红的绸衫。走了,就再也回不去。思念的痛与裹脚的力道一样,深入骨髓。摧残得娉婷瞬间凋谢。

那一夜,轿子在林间小道上欢快地起伏,几个穿着芒鞋的巴山汉子,吼着倒牙的酸歌,把一场寡淡的迎娶仪式,涂染得烟霞似火。

轿中人,我的祖母,就像莫言笔下的"奶奶",尖尖的绣鞋,被一双双粗糙的汗津津的大手,摩挲、玷污……晨昏时,山坳里响起了鞭炮,烟岚聚而成云,久久不散……

而祖母的抽泣好似一粒微弱的灯火,渐渐被命运覆盖。

生命绝响

> 高高山上一树槐,
> 手把槐树望郎来。
> 娘问女儿望啥子？
> 我望槐花几时开,
> 险些说出望郎来。
>
> ——《紫阳民歌·高高山上一树槐》

八十八岁的祖母，精神矍铄，一口米粒似的白牙几乎完好。

秋天，庭院里的槐树落叶了，叶在风中翻卷……火塘边的祖母睡着了，腮上绽放着温暖的笑靥，那是一首想郎的歌。

祖母歌子里的那个制茶的汉子、拉纤的郎，那个被祖母诅咒的痴心汉，其实走了已半个世纪。

汉江边上，最后一对三寸金莲，被祖母带走了。

那天，火塘边没有人，那个阒寂的正午被祖母熨帖在手心里，像在抚摸一个人的脸颊……八十八岁的老人有些羞涩，懵懂着少女的神情。喉腔打开，声音苍哑却不干涩，被纯情洇湿的音符，扑闪着高贵、甘醇的光华。

祖母在唱："那个短命死的挨刀死的发瘟死的……"

诅咒在祖母的嘴角凝聚，渐渐无声无息，只有那串音符还在摇荡，宛若铃铛般澄澈、清越。

刊发于《安康日报·文化周末》2021年11月19日

汉 水 谣

题记：苍苍青山脚下，泊着一方浩大的水域，幽蓝的睡袍，折叠着月光的波纹……

1

篝火近了，渔火远了。
苍山舞动，新月映照嵯峨。
银狐披着千年的光辉，以风的速度，掠过暮春之夜。
此时，故事还在陶罐里熬煮，武火很炎，文火温暾……
船靠在岸边，一群水怪戴着人的面具，在岩石下窃听。
夜色暧昧，一江碧水，打捞山的面影。
碎了，鳞片在水中跃动。

2

蒹葭苍苍，白露为霜。
秋水漫过来，翠鸟在苇子上啁啾。

凌波的眸子,被扇动的睫毛带走了,如波似漪。

又是一个青衣女子,舢板驭浪,柔荑叩弦。

露水坠落了,乳雾潮起。一张素颜,悄然隐没。

船影渺渺,歌喉袅袅。

3

鼓乐声息了,送亲的人群散了。

借一角星光,读几页《诗经》的句子,咀嚼兰草的香味。

肌肤如雪,碧水如镜。

午夜的江湾,水草丰茂,太多的偷窥,蠢蠢欲动。

一声高歌,锦鸡报晓,晨光撕碎了晓岚。

伸伸腰肢,笑语晏晏;十里长堤,桃花香艳。

4

翠色依依,江风徐徐。

采茶的季节到了,清明在烘焙中发酵。

茶歌缤纷,蓝头巾下的三月,俏丽动人。

古镇茶肆,旗幡飘动。

青花瓷盏,纯亮的江水与山南的明秀,冲泡生香,芬芳四溢……

河埠头,帆影绰绰。清明前的翠色,装满了船舱。

半月后,豪门侯府、市井小巷,紫阳茶的味道就会醉了整个长安……

5

是神龟产下的卵,供奉的灵光,照亮了一段水程。

一个旽儿,趔趄的步履神思游移,皱眉的浪与峭拔的山石,偶遇在仲夏的江湾。

从此,腻甜的往事成为回忆,而攀缘总能叩响石阶——

一座城,像是天然的设计,精致的轮廓与江水相映成趣。

十五的晚上,一个女子在白石滩赏月。她的家在山上,在城里——城在水中妖娆,月在水里沐浴……

6

江上烟波,岸上红叶。

浪涛迭起,琼花飞溅,世俗的梦碎了,浮艳转瞬荡涤。

而流水依然。浪的尾巴,拖拽着幽思的情怀。

且听顿足的叹息,且听高迈的吟诵:千古还是古,万古不是今。

一滴水,能兴波掀浪,天地的灵性充满玄秘,而心空虽小,却能容纳万顷波涛。

笙歌曼舞,莲花绽放……洞中人走了。

从此,南岸绿柳染翠,北岸桃李灼灼。

而系在云上的城,诗意妩媚,有人在读,用情很深——紫阳啊。

7

涨落的季节,已经迟钝。

速度像人的肌体,开始痉挛。

疼痛,让风喘息,抽搐的微笑,是千年前那朵浪花?

鲤鱼、鲑鱼、鳜鱼,吐纳着一枚枚感激的水泡。

月亮终于找到了修辞的语言,很美的风景,又回到了岸上。

一江或是一湖,触角少了伸张的力度。

只有氤氲的水汽,调节着岁月健康的体温。

山南葳蕤如春,那一江水色全写在了一张张粉嫩的脸上——国色天姿!

8

江南的嗓子,江北的歌喉。

一声高亢入云,一腔婉约绕梁。被水洗亮的音符,沐浴自然的光泽。

于是,太多的片段,蕴含在不同的季节里。

色香味各成其妙:酸的倒牙,甜的似饴,辣的如火。

有民歌的日子,土地就有生气,生活便有了色彩。

逆水行船,凭的就是那一腔悲壮的豪气。

光阴延长了时间,民歌是留在时间上的齿痕。

沧浪之水清兮,歌声穿越亘古。

9

稻穗黄了，米酒稠了。

沃野变幻手帕的色彩。时令的内容，浸透了大地的纯美。

耕牛的哞声，在一个细雨霏霏的早晨，唤醒了僵硬的土地。

播种与收获，以叙事的方式，呈现生命的丰硕与明亮……

江水见证了一种心情，与岸携手的时光，斑斓而充满意趣。

百里水域，丰沛延续着诗意的长度。

村舍、城镇、田畴、柳林，以逼真的像素，走出了黑白的镜头。

于是，泊在江岸的风景，终于起航，簇拥的白鹭，翻飞着黎明的祥和——悠远而浩荡。

刊发于《散文诗》2017·上半月②

紫阳与一个道人的传说

1

乾坤在道人的怀里蠕动。

经卷的灵性,此时与丹炉的香烟一道,缭绕成云。

打坐的姿势,道骨仙风。吐纳飘过汉水,氤氲了南山的竹子。

南山啊,翠色葱茏。

水嫩的歌喉濡染了江湾纤柔的涛声。

2

紫色的太阳照彻洞府。

一群竹鸡从修篁蹿出,追撵着蘸满蜜糖的经文。

道人的嘴在翕动,南山的沟壑、崩梁,渐渐瑞气四合。

山脚下,茶幡随风漫卷。

楠木桌上,青瓷茶盏,三月在啜饮中香腮醉红……

3

汗水浸湿了栈道。
一步步洗亮的足迹,在日子里不屈地攀爬。
筋肉壮实的身板,浇铸了与山一道耸立的高度。
叩响,无数次唤醒心灵中的诗韵。
陡峭的岩石上,纤绳勒进骨头。
一声高亢的"嗨哟",托起了苍茫的帆影。

4

云彩编织的缆绳,牵引凌波而来的城郭。
停泊,北山嵯峨的手臂,拽紧了缆绳游弋的心事。
岁月停靠的码头,确定了一个故事的结局。
江风吹拂,五百年的城郭,如一卷大书。
只是叙述常常淹没苦涩。
而江水过滤的情节,窈窕出水韵风骚的妖冶。

5

道人即将远游,丹炉里只剩下余烬。
该走了,留下的已经留下……道人喃喃。
袍袖轻舒的背影,融进霞彩。
经卷的字句,漫天飞舞:似雨,似风,似花,似雾……

那焐热的灵性，骨骼秀雅——

此时站在高崖上，俊朗如日。

6

云在天空飘浮，城在雾中逍遥。

垂挂的石梯，一级级向上叠加，这是一件大氅精致的纽扣。

登攀，憧憬被梦幻诱惑。

光洁莹润的青石小巷，剪裁了天空一样的神采。

那一刻，芭蕉染绿了窗扉，桃花映红了粉面。

7

清癯的古镇，凸显沧桑的硬朗。

帆影如梭，浩荡的江水送走了多少断肠的牵挂。

流光溢彩的会馆，灯火阑珊，财富者的传奇在喧嚣中落幕。

风雨消融了往昔，华丽退去了绚烂。只有粉壁上优雅的丹青——默默渲染一段日子的浓淡。

8

葱茏翠绿，在大山中蜿蜒。

惠风和雨滋养的根骨，走过了千年的时光。

粗糙的瓷杯飘荡着惊世骇俗的艳丽……
徐徐香风迷醉长安。
一盏春色，醍醐灌顶，跷起的拇指许下金口玉言。
身披朝露，走进巍峨的宫阙——
紫阳茶啊，从此风华绝代。

注：诗中"道人"，指道教南派创始人张伯端（号紫阳真人）。他曾在紫阳面壁修炼，并撰写出《金丹四百字》《悟真篇》等丹道学著作。紫阳县名取自张伯端的号。

刊发于《安康日报·文化周末》2019年5月10日

紫阳记忆（组章）

古 渡 口

或许是一个不经意的轻吻，那时飘逸的情绪，就像三月扬起的柳絮。

渡口安静了，光阴挽着裤腿，踢踏着散漫的步履。柳哨声有些低哑，倏然坠落的调子，折射着古铜的光彩，而水面的虹影被一群鲤鱼的尾巴击碎。

一段弯曲的河道，腰身扭得匆忙，纤巧的细浪，咬着上百艘船的舷，从春江起程。一个故事总要百折千回，顺水或是上溯。渡口每天的水渍，像是一串洒落的泪滴……记挂其实就锁在高岸上的吊脚楼里，三月的河风送来低柔的唱腔——

民歌在河面缭绕……

会 馆 里

丹青绘制的粉壁上，蛛网脱落。

月华洗涤了尘埃，大殿在清寂的梦中哑摸着往昔的喧嚣。

桂树的枝干早已不再纤细，风霜捶打出的粗糙，像皲裂的伤口。

痛，往往被八月轻柔的嗓音唤醒。于是，馨香沿着三亩庭院奔跑，而粉壁上那些活络的丹青，悄然走下绚丽的背景，在铺满月光的林荫中，隐然出没。

庭院外的老街，一个喷嚏又一个喷嚏。

"好香……"有人喃喃。

一时，吊脚楼上的百叶窗纷纷撑起，张张醉醺的面孔，如白莲浮现。

邂 逅

把时间藏起来。露水浇灌的日子，隐逸在一蓬绿草里。

此时，叶脉正沿着青葱的路径延伸……时间覆盖在面膜下，水嫩的肌肤，仿佛吹弹可破。

日子的吟唱声蘸满了太阳的气息，那些被烘焙出的热度妖娆在晃荡的茶杯里，清香四溢。

山的眉眼已经展开，柳枝摇摆的姿态，比往年多了几分风骚。

僵硬的情绪突然萎软，在寒潮退去的当儿，被老父的铧犁埋进了深翻的土层。

时间开始呼吸、躁动，容颜泛出健康的嫣红。日子徜徉在春江边等候，而携手的那一刻，犹如千古一遇的邂逅。

刊发于《湖州晚报·散文诗月刊》2019年第7期

我属于土地（外二章）

阳光在四季穿行，植物在队列中寻找站立的秩序。

土地，在风韵迷人的年华，孕育了自己的孩子……多少年过去了，感觉的阵痛还依稀存在，只是土地与忧愁的白发，纠结中不肯透露往昔的秘密。

我在北山的盐碱地劳作，那时父亲健在，那时我们常常饿着肚子。

当年的北风带着哭腔的号啸，在我并不健壮的精神上，留下刻骨的战栗。从此，我知道，成长的代价就是一次次付出……盐碱变成肥土的那天，苍绿的苞谷地里，是父亲风和日丽的脸：那一天，北山凤舞鸾歌，而土地，正在和我佝偻的父亲缠绵悱恻……我的泪腺被刺伤了，所有滚烫的情绪，储存下来，以至于滋润了我一生的感动。

父亲葬在北山，坟茔是馒头一样的土丘。

北山啊，你容纳了一个朴素的生命，一个和泥土一样干净的灵魂……父亲倒在山坳的洼地，那时，北山的盐碱已经肥沃，土质细腻、酥松。春耕的三月，父亲在下种，在与土地眉来眼去、低言细语。父亲的脸上漾出天国的颜色，像油彩闪亮。

缓缓地，父亲倒下了，云彩仿佛抖了一下，风没有扶起，黄莺儿没有唤醒……北山的土地太安逸、太柔软了，父亲躺下的姿态都是那么舒展……这一天，父亲六十八岁；这一天，父亲播种完了那一大片洼地……父亲躺下了，他很充实。

我是父亲的儿子，我属于土地。

像一株麦苗、一棵苞谷，抑或是一蓬稻穗，沐浴在农时与节气中，长成了俊朗的风采。我的语言生动而富有灵气，就算散落稿纸，也弥漫着草木清香的气息……

属于土地，就有了一种依托，我的北山的盐碱地啊，已经肥沃油亮，播种一粒，就会长出满洼的壮苗与厚实……属于土地，我感觉内心踏踏实实，那些土得掉渣的方音口语，融在了我的血液里，以至于我纯朴的个性中，永远弥漫着一种烟火的味道。

紫阳水色

像狐媚子一样妖娆，千年月华滋养艳骨，万年灵根深扎水韵。

气息凝聚，花雨在碧叶上滋润成露。

山南芬芳的味道，从崔巍的屋脊飘起，袅袅如岚。

青瓷茶盅，鹅黄灵动、馥郁缠绵。

一缕水色漾起，万顷柔情都是蜜意。

水墨晕染：一笔描出风致，一笔绘出蜿蜒。

扭一扭，这风骚的腰身就是勾人的曲线。蓝头巾遮不住销魂的明媚。

秀水养育的体态，点燃了多少诗情，澎湃了多少欲望……

春天的步履，踩着欢快的鼓点，珠圆玉润的节奏——

清凌凌，把一声高腔送上云端。

正午的情绪

湿度一天天加重，燥热在日光下从容地散步。

一棵树的风度，被绿荫占据，夏蝉撕扯着喉咙，发泄腹腔的郁闷。

小巷耷拉着头，与芭蕉的叶子在风中摩擦，回忆过往的旧事。是谁在敲打清脆的节拍，叩问石阶的高度？

阁楼无语，百叶窗静静地眺望远方，吊兰肆无忌惮地疯长，葱郁的字句在垂挂中摇摆。于是，一张俏丽的脸，被阁楼上的百叶窗装点，像一帧古画，渐渐透出芬芳。

江面的快艇代替了帆影，涟漪在扩大，阳光以垂直的角度，破解江心的秘密。

无须打捞，浮游的水藻，在向一个方向聚拢，而一尾灵动的鲤鱼，突然弹起，金色穿透阳光。

于是，抽搐像刺痛了某处肌体的神经，正午的空气中，思绪开始随风鼓荡。

刊发于《安康日报》2016年3月10日

捂在胸口上的故乡（组章）

把汉江装在瓶子里

把汉江装在瓶子里。

我不会轻易用它饮用、漱口；不会像购买来的矿泉水，喝不完，就随意扔掉。

把汉江装在瓶子里，是因为它是一条河流，是因为我的魂驻守在河流里。

一个瓶子当然装不下一条河流，但一朵浪花、一泓清流，却能折射出千古风韵。

我怀揣着这个精致的瓶子，怀揣着一条江的容量，我比别人富有，又比富有者自信，比大亨更有底气！

把汉江装在瓶子里。

我的魂就有沐浴的地方，我的心田就不会因干涸而悸动、虚浮、疼痛。

我时时被润泽，丰沛的情感，总能涌出汩汩不竭的激情。

我让人羡慕、青睐，我壮实地站在那里，宛若一棵傲岸、挺拔的风景树。

怀揣着汉江，诠释的意义就会大写，人渐渐看清自己：慢慢澄清，慢慢剔透。

祝福安康

安康是一个地域的名字。安康是每天的日子。

住在安康，就有一种愿景，期许的平和与从容，还有安详的内心，总会被季风抚慰，被花雨浇灌。

陕南的心情在安康，那不只是一角晶蓝，也不只是一泓沧远。

安康与日子一起，恬淡在空气里，融化在油盐酱醋的世俗生活中：氤氲、浓郁、清朗、明澈……

四季是一本日历，安康是游弋在日历里的气血：浑厚而又均匀。

住在安康，就有了快慰的舒展，就有了捂在胸口绵绵不尽的暖意。

安康是一个地域的名字，是每天的日子。

爱着这个名字，也爱着与这个名字一道成长的日子——

于是，岁月安康，大地安康……

山城素描

江水在冬天炫耀自己的身段。

上游的闸打开了，夏天的干涸，其实已经缓解。惊鸿在泽国凌波，潋滟的影子剪辑了山色，轮廓清癯。

江水有些妩媚，胖了、肥了，水汪汪的眸子总是脉脉含情。山脚裸露的根骨，还有那一排排依依垂柳，此时，一半沉潜，一半婆娑在水中央。

县城被江水绕着，因为曲，房舍便有了水墨的色彩和柔韧的线条。

山腰上，挤密的高楼，一栋挨着一栋，空间很窄，高低错落。蓝天清晰地悬挂在楼顶，雀鸟翱翔的身影，转眼消失在江南的崇山峻岭。

冬天的情绪，在大街释放，在广场云集。一年将尽了，节奏开始松弛和舒缓，熙攘的人流像江水一样节节回升。

江口的码头，有些喧嚣：快艇切割着玻璃似的江面，一只来了，一只去了；只有大船沉缓的身子，笨拙前行，与一江水色似有难舍难分的缱绻。

站在汉江边的码头

站在汉江边的码头，风微寒。

码头呈四十五度的斜角，江水跌落的时候，河床暴露，斜角便迁延而下，直至河底，我默数过，是九十四级——纯亮的青石阶梯。

隆冬季节，上游开闸，一时间，江水满溢，波涛暗涌，恰似一个体态风骚的女人，老远，你就能感受到一种直抵心灵的挑逗……而这时，九十四级青石阶梯，被江水吞噬得只剩三四级而已，于是，每天黄昏，江岸的平台上，总有一排排垂竿翘起，几个矍铄的老苍头坐在马扎上，一副坚定守候的模样。

码头向西是蜿蜒在江边的广场，广场一半和公路相接，一半悬在江面，身下是几根水桶粗的水泥柱，像巨人的脚深深扎在江里。月朗星稀，广场上散步，江风浴面，耳旁是细微涤荡的江水声，这时诗意弥漫……仿佛听到一个声音在嘀咕：收敛这一江水吧，包括月光、山色、帆影，还有你浓稠的乡情。

　　站在汉江边的码头，我不知道江水的尽头在哪里，天穹的边际在哪里。也许，我只能永远驻守在这方水土，遵循那位哲人的话：诗人的天职是还乡……

收藏记忆

　　沧桑的老屋在天空下诉说一个久远的故事。

　　呼啸的北风穿过胸腔，那些翻卷的过去，像几页暗黄的纸。

　　记载的文字，显然毫无意义。古旧的容颜，在今天看来，已经不合时宜，但温柔的艳阳，还是用世纪的手，摩挲凹凸的痕迹。

　　苔藓覆盖的额头，雕刻着一些精细的纹路。

　　沿着记忆的符号，尘封的美丽，渐渐浮现。

　　然而，风化的骨架，正在颓废，一声长长的叹息，无垠的古原上，晚照如血。

　　照片日渐模糊。泥土上的生长，开始一天天枯萎：野花失去了根须；老宅和院落，还有篱笆，在某一天的黎明，突然瘫软。

　　老迈的黄狗，已不再吠叫。村庄远了，远得有些昏花。

而与村庄有关的人和事，一天比一天淡化。

纯朴和厚道，被一场雨、一阵风，就那么悄无声息地带走了。剩下来的，是一些淡远的往事和墙头上萧瑟的衰草。

一只甲虫从瓦隙钻出，它已经预知了命运的归途。

消失，这个字眼，在田埂和村庄疾行。一只公鸡，站在碌碡上，快慰地做了最后一次报道。

太阳升起来了，村庄即将迁徙。

刊发于《安康日报》2016年11月10日

陕南道情（组章）

云 之 思

浩渺舒卷天赋的语言，飘逸的字符流动着音乐的线条。

山涧接纳了季节的造访，敞开的心扉涌动着岁月的潮汐。

笛韵从泉眼冒出，优美的音符，渐渐融进湛蓝的寥廓。

烟云漫卷，承接天恩的土地终于在收获的金秋产卵。

花是醒来的眼睛，在被照亮的世界里，明媚镶嵌了思绪的翅膀。

朴素是千万年的哲学，当速朽被阳光融化，锤炼的字句在清辉里卓立。

如果让锻造飞溅出火花，让雕琢凿刻出空灵，让博爱呵护内心的良善……

那时，驻足的探望，将描绘出邈远的锦绣。

水 之 韵

浩叹在岩石上站立，多雾的早晨，水草被一群鲤鱼摇醒。

距离，在此岸与彼岸之间缩短，灵动的波光透出时空的秘密。

舢板掠过，涛声如歌；一卷书已经读厌。

枕着波涛的日子，托着懒散的灵魂。彼岸或者此岸？神在问。

轻叩琴弦，白鹭款款飞过长天。

水滨有渔翁在唱：江南瓜果熟，江北稻穗黄……

山 之 恋

岚烟弥散，峥嵘显露头角。

红叶染醉了霜寒的节令，而江南的雨洗涤着青葱的往事。

树牵着树，藤缠着藤，就像日子在谋生的地块发芽、抽穗。

背靠山崖，面朝修篁，祖屋在风雨中矗立。

南面的坡地撒下一升豆子，北面的山洼围出了一湾水田。

脊背在耕种的光阴里渐渐弯曲，五谷熟了一茬又一茬，一辈辈演绎的故事涂染了苍劲的岩石。

一个灵魂与另一个灵魂，终于结伴，悄然站立成一棵树抑或是一块石头。

多少年过去了，姿势始终不变。他们俯瞰祖屋，鼻翼翕动，嗅着炊烟淡淡的气息——清泪簌簌滚落在秋天的玉米地里。

城 之 歌

天然勾勒的轮廓，以古典的韵味呈现。

水墨的外衣，在月光下翻卷。小巷空寂，一枝玉兰，总能勾起缠绵的往事。

朝阳走进洞开的百叶窗，曾因羞赧而躲进女子粉色的纱帐。

暮雨、清秋、微凉；红伞、绿伞、黄伞。俏丽跃动的欢畅，无数次惊飞雀子的翅膀……

沿着石阶，诗意笃笃叩响。一阕小令的清曲，蕴藉了石头的颜色。

江南绿了。石墙下垂挂的柳丝，正在编织芳菲的梦想。

一些激活的情思，开始在夜间舞蹈，汇聚的五彩，来自天外的霓虹。

青春在成长，琴键上滚淌着一曲高亢激昂的旋律。

雨 之 情

淅沥的唱腔清脆悦耳，婉约悠扬。

三月，撮着樱桃小口，满山呼哨。桃花林里、樱花林里，粉嘟嘟、雾蒙蒙、蜂飞蝶舞……雨，油一样明润，露一样清亮：沾在叶上，叶就翠；滴在花上，花就芳。

去南山的路很远，雨被风牵着，娇喘吁吁，香汗淋漓。

南山啊，葱茏如波，一片片嘉木，新芽吐露，剔透鲜亮。

雨忘情地在嘉木中穿行、吟唱、曼舞。她与新芽耳语、轻吻……

风带着雨的嘱托，走了，走得乐颠颠的，他要去告诉太阳：明天是一个采茶的季节！

刊发于《安康文学》2019/春

年　景

1

皱纹在攀缘，血脉以藤的方向为指引，润泽的流水洗亮了赭黄的皮肤。

岩石风化得很快。从远处看，清旷的原野涌动而来，浩荡的烟云，完全打乱诗的格局。没有韵律的辞章，放浪着原始的野朴……此时，意绪飞扬。

阳光的金色正在增强，天空瓦蓝如洗。

云鹤以俯冲的姿态，渲染了一幅画的活力。

四季的循环无法更改，复制的色彩，被雨水消融了浓度的深浅。汗水的涩苦毋庸置疑，播种的心情被土地触摸。关于嫁娶，谁都羞于启口，扭捏在春光里的影子，突然间，一点点变软。

落在土壤里的种子，纷纷竖起了耳朵。

听啊，山风粗犷。

2

生活开始了新的调试，一些优雅的情调慢慢替换了粗朴的位置。

高楼开始与白云对话，空间完成了几何的分割。明净的窗内笑声悠扬，因为喜悦，天空又多了一些湿度。

辛劳在广漠的地域埋头耕作，赤脚与大地的心脏接近。

母腹的悸动传递着孕育的阵痛。回来吧，田野的谷物亮起了纯美的嗓音。

也许，等待的回音要绕开很多设置的障碍；也许，那一缕铜质的声音，在回返的路上撞碎了天空的玻璃。这些，其实都无关紧要。

回来了，土地的生命将重新燃放，错过的时令，将在来年找回。

3

母亲老了，父亲直板的腰身突然佝偻。

很多被篡改的记忆，一夜间回到了记事的日历。孝道找到了良知的臂膀，弱小的花朵不再因孤独而凋谢。

回家的温馨，常常被泪水洗刷。注目的眺望，穿越千里云霭。

植物已经唤醒，葱郁构成了春天的颜色。告诉那些飘零的种子，告诉稻香的谷穗，告诉麦香的籽粒……村南村北，已晾出了无际的空旷；肥沃的地块，足以滋养生命的壮硕与坚实。

空气正在净化，污浊开始沉淀。蒲公英从一张张笑脸飘过：那是母亲的菊花脸，那是父亲沧桑的容颜，那是一双儿女红嘟嘟的苹果脸。

4

焐热的冷漠有了真实的体温。农历中吹奏的老腔，苍劲之韵倏然轻柔，音符的力道失去了粗犷的棱角。

矗立的楼盘，恰似分蘖的庄稼，繁殖，繁殖，正在完成一个宏大的布局。

眉眼俊俏的乡村，一夜间身板挺起……这是家吗？

老屋的砖瓦，走进了一部史书的注释；怀旧的梦，留给了几位矍铄的老人……生活在开辟一个新的空间，敞亮的住宅像一幅油画——迷蒙而又雅致。

蜿蜒的山脉日渐葱翠，树与藤缠绕着温煦的光阴。

四通八达的路，从一个村庄到另一个村庄，日子与距离的隔膜，悄然间挽起了手臂。

5

当秋风摇醒了山野，那惺忪的眼睛，在一片光影里，突然遗落下几串清泪。

一声叮当，远处的金黄，开始自我撞击。叶脉的韵律，在一个音节里奔跑、呼喊。瓜果的炫耀，让纤弱的藤蔓与枝丫无力承载；黄与红，不再是颜色。只有味道，悄然与往昔的涩苦告别。

此时，农具已经休憩，乡愁在老茧的掌上，体味太阳的温度。

村庄的空旷处，一些如画的景象，正在植入大地的皮肤。战栗，宛如幸福的痉挛……厚实的感觉，在日子里变得肥润，唖摸中，一缕回甜的清醇，泅湿了记忆的眸子。

刊发于《安康日报·文化周末》2022年1月14日

汉　江

江岸浸满艾草的芳馨
葳蕤是五月的风情
成精的鲤鱼，吐纳《诗经》里的水泡
摇曳的尾巴，拍醒了一段静谧的水流

波光如镜
嵯峨的岩石蹲在空阔的江边漱口
掠过水面的风，娇喘吁吁
追撵夕阳苍劲的背影
盘坐云影里的月亮
静如处子，偷窥的羞怯
被隐逸出卖了缠绵的心事

一片焕然，巨幅的帷幔悄然滑落
欸乃声中，扁舟的双桨
荡碎了迷离的斑斓
就用这珠玑的文字下饵

任鱼虾吞食，疯抢

深蕴的潜流，铅华洗尽
冉冉升起高洁，卓然如莲
一帧让工笔描绘，一幅由写意晕染
典藏的诗韵，吟咏在五月的浩茫里
那一刻
千年前的风骚恍然如昨——
《风》《雅》《颂》

　　　　刊发于《安康日报》2018年6月19日

第三辑 思念之痛

晨光中梳头的母亲（外一章）

晨光中，一个美丽的侧影，镀上了玫瑰色的光泽。

那是我年轻的母亲、青春的母亲，一位像荷花一样圣洁的母亲。

晨光是缎子，是母亲的气息和风韵；晨光是朴素，是母亲的品质和性格。

美好的季节，我的母亲就坐在这个季节的晨光中，默默地梳头：梳她那瀑布一样的秀发。

她的额际飘逸着刘海儿，头顶别着一只翠绿的发卡。

母亲一遍遍扎自己的辫子——黑油油的辫子。

母亲在晨光中梳头。手指在弹动，生动地、灵巧地弹动。

缺齿的木梳，轻柔地像五月掠过河滩的微风。

那个季节的早晨，任由母亲修长的手指细细编织：青丝绾成一种柔情。

院里的樱桃红了，墙外的芭蕉绿了。

母亲不知道，母亲在晨光中梳头……

母亲坐过的椅子

　　这是一把笨拙、朴实的老式椅子。它安静而沉稳地立在八仙桌旁。

　　粗糙的木质，还有粗糙的花纹，扶手是两个凤头。翘起的凤冠被长时间摩挲，早已变得圆润明亮。

　　椅子上铺着一块猩红的丝绒垫子，里面所絮的棉花，是我家塬上的坡地自产的。

　　软软和和的棉花，像柳絮一样洁白轻盈。

　　母亲坐过的椅子，我每天都要细细地擦拭。

　　碰上日光暖暖的天气，我还要晒晒猩红的丝绒垫子。黄昏的时候，我还像儿时那样，搬个小板凳儿，手支着下巴坐在板凳子下，眯着眼睛，等着母亲纤柔的手指，梳理我黑油油的头发。

　　我还想听听母亲的絮叨，听听母亲唤儿的声音。

　　这是母亲坐过的椅子，天国那地方是不需要椅子的。

　　然而，我每天照样擦拭。天气好了，我还要晒晒猩红的丝绒垫子。

　　我想，倘若有一天母亲回来了，她会坐在被我晒得松软的垫子上，握捏着雕有凤头的扶手，一边絮絮叨叨，一边喜滋滋地夸她的儿子。

　　刊发于《人民日报·华文学》（海外版）2020年12月18日

给天国的母亲写封信

我总是幻想你去了天国,我常常这样想。

天国是一个什么样的国度,我不知道!我琢磨,如果那里能给予你快乐、健康和安宁,那里就应该是天国了。

你在人世饱受了太多的苦楚,天国的阳光会温暖你麻木的肢体,湿润的季风会抚平你额角的皱纹、润泽你干涩的眸子。

天国啊,据说是一个极乐的福地,那里的空气清凉、透明,你每天可以在天街上转转,末了,做一做深呼吸,让淤积胸中多年的郁闷,全部释放。你不要再牵挂你的儿女,你已为他们殚精竭虑,熬干了生命的灯油。天国那地方是有利于养病的,你好好养着,没事了看看天国里的花、林子、溪流,看看变化万端的云彩。你还可以俯瞰人世,看看你的儿女劳碌的背影,但你千万别为他们担心、焦虑,你的唏嘘会叫人难受,你应该为他们的坚强、正直和善良而欣慰!

我为远在天国的你写这封信,我相信你能收到!

我跪伏在地,点燃三炷檀香,那飘逝的烟岚,沿着天国的通衢大道,一定会找到你。檀香是一种神物,天国可以拒绝凡尘的一切,但不会拒绝这缕被泪水打湿的青烟。

我幻想你去了天国，我常常这样想。

人说地狱是对罪恶的惩罚，天国是对良善的褒奖。我想，你一定能得到这份褒奖，天主的法眼洞察一切，他会伸出那巨大而温煦的手，提携你——一个为儿女操持一生以致心力交瘁的可敬的亡灵！如果天国质疑你的良善，我愿从人间为你开具最有力的证明，我会用鲜活的证词，陈述你的伟大！如果这一切还不够，我还可以剖开自己的胸膛，用儿子的心为你做一次生命的抵押，我愿用我的"痛"来为你换取一份天国的信任。

檀香袅袅升起，它今夜要走很长的路，要带着我的这封信去天国找你报告家人的平安，并带给你儿女们的祝福。但愿此时的你已得到了天国的签证，正式成为天国里的一个公民！我还将叩请仁慈、博爱的天主为你分一栋高大的别墅（你活着的时候，一直没有自己的房子），里面要有温暖的壁炉，炉膛里跳动着金色的温暖的火焰（你病重的时候，一直怕冷）。壁炉旁搁一把可以摇动的安乐椅，上面铺着厚厚的、软软的褥子（你活着的时候，一直没坐过让你全身放松的椅子）。你一生爱干净，屋里一定要亮堂、洁白，地板最好是松木铺成的，松木的清香和木质的纹路都是你喜欢的……

如果可能，请你将父亲也接过来吧（相信他也在天国的某一隅）！记得在人世间的那段日子，你俩曾为一些家庭琐事吵过、闹过，但你俩的感情还是很深的。父亲过世后，你便被疾病缠绕，被孤独折磨，然而，我从你的眼神还是读得出来：你深切地思念着父亲……天国是不可能把你们分开的，其实有了父亲的呵护，你的病会很快康复。

天国的夜晚很宁静吧，兴许这会儿你正在柔和的灯光下描花绣蝶，父亲正戴着老花镜翻阅他从人间带去的医书。

　　檀香燃尽了，今夜它要走很长很长的路，希望它能抵达遥远的天国，将这封信交到你手里。

怀念父亲（组章）

父亲的鼾声

父亲的鼾声像春雷滚过，在歇晌的正午以及放松的夜晚，鼾声夯实着大地。

那是结实的鼓声啊，但比鼓声还要雄浑、悠长。儿时的我，习惯了那潮汐一样的声浪，就像习惯了我身体的某个部位，习惯了日升月落的演绎、更迭。

鼾声在那个清贫的岁月，代替了蔬菜、粮食和瓜果，代替了饥肠辘辘的思绪。我被父亲的鼾声捶打着，瘦弱的筋骨，在风里、雨里，和着鼾声的节拍，一天天健壮起来。

父亲的鼾声像手掌一样粗糙、厚实、有力。

在我成长的那所有的夜晚，任何声音，都没有父亲粗糙的鼾声细腻。我的兄弟和姐妹、我的田园和村庄、我的高粱和玉米，都无法拒绝粗糙，我们的成长需要在无数次的摩挲中成熟……

父亲的鼾声是金色的歌谣。

我坚信那一定是和麦子、稻谷、玉米相同的成色。起伏的山峦、无际的旷野、绵延的林莽，它们都为父亲的鼾声储备了取之不尽的素材。

儿时的我，总想逮住父亲的鼾声，但每次拽住了，都被它坚硬炙烫的感觉刺痛。

父亲的鼾声与村庄和田园一样的朴素。

在丰收的夜晚，鼾声像抹布一样擦拭着天空，擦拭着村庄的角角落落，擦拭着那些翻新的记忆和渐渐淡去的忧伤。

成人后我明白了，父亲的鼾声是心灵的吐露，是农民的父亲向大地诉说的坦荡。

父亲的林子与河流

我没有找到那片林子，还有父亲记忆中的河流。

父亲的描绘，仿佛是一篇虚构的童话。但我不能告诉父亲，我不能说，林子还有那条河流已经不存在了。

我在裸露的盐碱地上踏寻，我找到了松针以及树根，这是林子的毛发和遗骨。

那条父亲童年的河——伴随着父亲的成长、笑声和歌声的河，如今像一个衣衫褴褛的老人，在残阳下瑟瑟缩缩。父亲说，那河水清澈而又丰沛，河里游弋着无数的鱼儿，两岸是坦荡无垠的稻田，秋天来了，那个美哟，简直像画儿一样……我没有找到河，水在两年前就断流了。正是金秋时节，我更没看见岸上的稻田，鳞次栉比的高楼完全遮挡了我眺望的视线。

我没有找到父亲的林子与河流。

但我坚信林子与河流一定存在，它们就像父亲描绘的那样：绵延、茂密、清澈、丰沛！这是父亲心灵的童话，而人类不能没有童话啊！

父亲之死

我紧紧攥着父亲的手，像握着冰凉的大理石。

这一刻，是下午五点四十分，那好像正是麦黄的季节。

残阳在父亲的额头，留下了惨淡的一抹，那是太阳留给父亲的最后一吻。

在这个世上与我最亲的人走了，像山垮塌了一样。

这座山，曾经是那样的挺拔和伟岸。现在被一双有力而又残酷的手，从人世间移走了。

仓促间，我来不及悲伤，五点四十分啊，太阳比任何时候都走得匆忙。

生命是一个过程，每个人都拥有这个过程。

父亲在这个过程中，徒步行走，他没有在终点倒下，他倒在了过程中的一站，但那绝不是最后一站。父亲把他未走完的那段路途，连同那一抹生命的璀璨留了下来。

我还要行走，那是父亲的坚定。生命的过程是被坚定衔接起来的。因为坚定，才有不灭的期待与梦想。

清明抒怀

1

阳春还在婆娑抒情,而悬坠腮边的思绪,默然中,还原了幽暗的表情。

蓄积的梦在岁月的湖岸涨落,很多漂移的词语,披着夜色的玄衣,与萤火一起偷渡……那时,记事的日历,被潮水浸泡,湿漉漉的牵绊纠结在暮云的底色里,伤心欲滴。

岸边的蒿草,生出了嫩黄的触角,堤上的垂柳在春风里编织疏朗的情丝……扁舟划过,柔波推动涟漪,酒浆的辣味,回肠荡气。

似醒非醒,往事的幻影充塞混浊的眸子。倦了,放逐的灵魂卧在淡淡的时光里,等待芳菲呈现水墨的颜色……

2

多少年,一次次返青的懵懂,让煎熬榨干。

麦子已经失去了筋道,只有一方地块,依然散发着醇厚的味道……光阴的衣裙，渐渐褪色，华丽的镶边，一天天晦暗。

大道上的辙印，曲折蜿蜒，一只鸟孤独地守望着心中的期许，而前方，风雪正在匆匆赶路。

祭奠的文辞，推敲出重重语病。在清明那天，凝重把一切唤醒，无言无语，荒草延续着悲戚的长度，于是，一滴泪在春天流下来，绚烂了正在复苏的时令……

3

影子高蹈。空旷的墙壁，往事在霉变中脱落。

颓败成为钙化的可能，星空下，河流改变了流向……平仄的句子，蛰伏在严冬的白雪里，那是秋天筛选的最好颗粒。村庄的骨架还矗立在苍茫的原野，老迈的灯光，厚实而悠远。

摩挲的手指在神经上游走，二月过后或许三月，一些浇灌的韧性，会突兀挺拔。风踩着雨的舞步，从江南的林木走出，万象更新的意蕴，拽醒了还在沉睡的幽梦。

春啊，平仄将在你的怀里长出硬朗的筋骨。

4

冥想在天国缥缈，星星的族群，环绕着旋转的轨迹。

瞭望，天体的眼睛一片晶蓝，只有云彩悄然擦拭忧伤的泪痕。思念在葳蕤的季节，扎牢了根系，那些肥壮的枝干，在某一天，总能巧遇一些感人的情节。

慈爱在五月冉冉升空，管弦咿呀，催黄的麦苗，铺展着大地的丰硕。绕过家园的河流，在一片草甸深处消失了踪迹。夜莺卖弄天籁的嗓子，婉约啼亮了翡翠山色，一缕宝蓝色的音韵，开始无风翻卷。

万籁俱寂，星星竖起了耳朵……

5

白马收敛了金色的翅膀，蹄声轻叩。

锦绣在天街汇聚，没有影子的世界，白昼和黑夜，灵魂绽放着一种相同的姿态……生命的手，纤柔细腻，掬一捧银河的温水，招展的叶片承接月华玉露，无须收藏、无须隐逸，累了，就把这一份缱绻，放在莲花的蕊中，享受千年一眠的羞涩。

好了，凡尘的唠叨，污秽了净瓶里的柳枝。罪过往往以善良呈现，幕帘垂落，忏悔的牙齿，咬疼了谎话的舌头。

檀香飘起，从此，白云不再迷失远行的路径。

6

山垒砌自己的高度，韧性的力量，锻铸了一篇文字的韵脚。

修竹掩映的屋舍，肆虐的严寒，凛冽已经委顿；一簇诗意的明艳，弥散着酒香的温度。此时，夜正酣，炉正炎。纯美分娩了，艰辛的日子虽苦犹甜。那些饱和的浓度，在单薄的脾胃里，抚慰了健壮的思想。

也许，青花盛满的典雅，正在等待风华绝代的佳期。

山已退却，嶙峋与崔巍，让出了自己的宏大的镜头。迎娶的花轿，与春阳亲吻，一首歌飘过葱郁的河岸，三月的绣鞋沾满了花瓣和春泥……

仪式简化了，柴扉中升腾起世俗的光景。

7

多少次怆然，梦中咀嚼的滋味，战栗了神经。

无法摆脱裹挟的力道，任由沧桑涂抹芳菲的年华。蹒跚的步履，佝偻了一段伤痛的骨头，只有一枚枚血肉的字符，站在油墨飘香的书中，矫健地炫耀俊朗的容颜。

诵读，祭文的言辞声情并茂，簇新的华丽，被素朴剪辑……

人世的声音，藏在心里，静穆剔除了一些庸俗的赘疣。烘焙的血液，沸腾了深埋的灵性，高贵壮实了枯萎的遐思……

8

细雨在昨夜来临，苍润的呓语带着奶香的馥郁。

烟岚舒展山峰的愁眉，陡峭的路径，已走完了一个世纪。野花在传播宿命的消息，蝶影翩跹，往返的旅程，延续在霄汉的尽头。纵然一场春梦一场苦雨，勃勃新绿，总能破解三九的寒意。

柔软与坚硬，在站立中慢慢合一，平衡是世间万物的定律。

心中的烛照，明灭自知，随缘自有缘在，福祉在静水中如白莲盛开，一袭禅意掠过心空的浩渺，和风朗月，默默诉说一个亘古的话题——清明！

刊发于《安康日报》2018年4月12日

有一种痛,在心灵慢慢结痂(组章)

南方与北方的爱情

在南方的某个城市,你一边吃着海鲜,一边给我打电话。你说南方太热、海鲜太腥……

我那时正在北方的田野,收割成片的稻穗。

我被你浓郁的海鲜气息,熏得头晕眼花。

我不知道我在北方还是去了南方,我是吃了螃蟹、醉虾,还是鱼翅、燕窝?

季风分明有些冷冽,这是北方的手,像大理石一样冰凉,绝不黏糊。

你说今天是你的生日,没有谁陪你,连祝福的话都没有。

你孤独又孤单,你为自己点了满满一桌丰盛的海鲜,你要吃饱喝醉,然后抱一个硕大的椰子回家。

你说着说着就呜咽,那海鲜的气息,一阵阵从手机那头潮一样袭来。

我已割完了一片稻穗,汗水湿透了我的衣衫,我蹲在秋天的田埂上,绘声绘色描述着我眼里的北方,描述着稻穗的颜色，估摸着今年的收成。

我说我会给你寄一袋新春的稻米，在你吃腻海鲜和喝醉红酒的时候，煮一碗香喷喷的稻米粥。

我攥着渐渐发烫的手机，夸着北方，其实是夸着自己。我把北方当作一个爱情的砝码，等着那个椰子树下的倩影，在南方慢慢动摇，最后回归北方。

预　约

我预约的那个人没有来，绿叶在深秋变红，看来等待还需要时日。

其实，这样的预约，记不清有多少次了，那个预约的人，一直迟迟没有现身。

从深秋到隆冬，季节紧缩自己的身子。冻结的山道上，我已迈不开洒脱的步子。

预约的期限，被我无限地放宽、放宽，而我准备的诗稿却始终无法完成。

预约也许是一缕渺无痕迹的清风、是桂树下斑驳的月影。

然而，我还是执着地预约，明知一切等待皆是徒劳，但我还是精雕细琢那些惆怅的句子。

我想把它放在唐朝或是宋朝，放在阳关道上、放在碉楼、画舫里，放在才子的折扇、佳人的罗帕上……

今夜的月色很美，比唐朝的圆，比宋朝的亮，只是少了古琴、檀香和烹茶的童子。

壶中水在翻滚，一只茶盅，还有一只，我盘膝静坐，等待那个我相约的人。

等 你

冬天，我像一个老人一样，慢慢地开始佝偻。

在你的凝望中，有一棵树，静静翻晒金黄的叶片……

我向你招手，就像当年，我在春天的山冈上，手拿一束野花。

那时，我的臂膀宛若青春的树干，任你依傍！

我很蓬勃也很有力量！那时的我啊……

冬天，也许临近了。

也许我会像所有的老人，在一个宁静的正午，懒散地享受日光。

而远处有一棵树还那么精精神神地站着。

那挺拔的身躯与羞涩的神情，就像年轻时的我等候你的模样。

想了又想……

黑夜中看不清你的长发，只有眸子，在深沉的夜色中闪亮。

我伸出的手指，被辛辣的空气烙伤，那弥漫的味道，以及从胸腔发出的呼吸，把静寂揉碎。

香薰的片段，徐徐走来……

风速很慢,那挽起的裤腿,裸露出长长的旅程,而黑夜,星星点点地记录,璀璀璨璨地抒写……

从前,藏匿的羞涩,在夜色的潮气中,回返心田。

于是,我想了又想,想了又想,终于,有一支红烛悄悄地照亮……

那两个字

我不能说出那两个字。

虽然,它种在心里很长时间了,但我还是不能说出来。我可以在心灵里呵护,为它培土、浇水,为它的成长做任何事情。

我不能说出那两个字,说了,就是一种泄密;说了,就对不住自己的心灵。

20世纪,那两个字还是种子的时候,我没有说出来。我用深埋的方式,让它在心里生长、发芽……但我就是不能说出来。

看见你的那天,我已从20世纪走来。

深秋的大街上,我无法掩饰自己满面的沧桑,还有萧索的寥落和窘迫的情绪……你站在我的面前,那么近,我听到了你的呼吸、心跳。你的眸子还像20世纪一样,清澈、火辣。然而,我不敢对视,我怕在你的目光的烤炙下,会情不自禁喊出那两个字!

原谅我不能说出来那两个字,我只能承受被烙痛的感觉,我甚至只能把烙痛化作一种营卫根须的养料,也不能,哪怕就是在梦里轻易说出那两个字!

那两个字啊,就让它在心灵里自然疯长吧!只有这样,我的心才会好受一些。

把我交出去

把我交出去,从此你可以省心,从此再没有人纠缠你,你在这个世界安静下来。

把我交出去的理由就是这么简单,就像一杯茶已经喝淡,一道菜已经吃腻味……交出去,你咬着牙,仇恨的眸子却蓄满泪水……

把我交出去后,你夜晚却开始失眠、做梦,冬天的火炉再没有从前那么温暖,饭菜再没有从前那么可口,而我所有的不是,渐渐成了你漫漫冬夜里催眠的良药,于是,你把我当作诗一样回味、咀嚼!

冬夜很长,窗外有一枝蜡梅在悄然绽放。

爱　着

玫瑰伸出粉嫩的手指,夜色宛如花瓣层层堆积。明媚的眸子,与月光一同丈量路的远近,而语言却矜持地扭过了身子。

花茎变细、变长,玫瑰粉嫩的手指长出了尖刺。告诉语言,此时,倾诉的舌头已被自己咬伤。

月光藏进了夜色的怀中,短暂的邂逅,就为了这次分手。从此,玫瑰的刺,深深地扎进了语言的心脏!

雨 季

我在雨季等了你好长好长的时间。

我惆怅的情绪,在泥泞中徜徉。淅沥中,看见你的倩影,雾中飘拂的长发,站立成一棵婆娑的树。

三月,我们在雨中错过,错过了就再也无法回头。

山道漫漫、修竹苍苍。我在一朵野菊花前,驻足!我听到了一声喟叹,而你清丽乍现,那是菊花一样的容颜!

雨季,我们错过了相逢的时间,错过了一次牵手。

从此,每年的三月,每年的那个雨季,我就独自怅然。

你的喟叹留在了我的诗里,每一个字符我都精雕细琢。

为了那次错过,我在每年的这个雨季,悄悄地用忏悔来涂抹那段情感!

拥 抱

向你伸出手臂,我在心里无数次鼓励自己,然而,在春天,我错过了。

错过一个季节,就像错过了一茬庄稼……那个秋天,我感到收获与我擦肩而过。

你烂漫的笑靥,在柔软的秋风中消逝。那时,果园里的苹果、橘园里的柑橘,红得明艳,黄得耀眼。

一生一世的情愫,在春天成了一种郁结、一种无法排解的疼痛。

在漫长的等待中，我的手臂患上了恼人的风湿。梅雨的天气，我贴着膏药：一片一片……就为了向你伸出手臂！

无论今天或是过去，走过的路不能回头。

然而，我常常在梦里伸出手臂，就为了那个春天的错过，就为了那个难挨的雨季，就为了……

我伸出的手臂，慢慢酸麻。从此，我为你患上了风湿！

拥抱，我没有说出来，那是20世纪的味道，它像风湿一样留在了我的骨髓……

刊发于《散文诗世界》2015年第11期

第四辑 光阴记录

报道春天（组章）

春　讯

　　日光掠过水面，风突然变得谦和了。

　　一只鸟开始梳理凌乱的羽毛，风絮叨着从树梢上走过，一个冬天了，它一直被人咒骂。风很委屈，委屈了就流泪，于是天空淅淅沥沥。

　　鸟儿的眼睛在滴溜转，孩子的眼睛似葡萄。

　　河岸，一垄垄麦苗，被风抚摸，冬天的板滞与僵硬，在柔软的温煦中，突然变得苍润、鲜嫩了。

　　日光为风穿起了衣裳——薄如蝉翼！风不再臃肿，不再狰狞，不再横眉怒目。

　　空气明净，一些声音，在风中弹唱、鸣啭；风迈着碎步，姿态婀娜。

报 春 鸟

　　细雨如织。报春鸟，从雨中飞过。

谁家的房屋抖了一下，一个舒展的懒腰、一声绵软的哈欠。松木镶嵌的板壁，此刻散发着木头的清香。一队黄蚁连成一条延伸的曲线，从板壁上走过。潮湿的地上，一只蚁王，昂首腆肚，指挥一群喽啰，吭哧吭哧搬动两粒大米。

鼾声在调动一种情绪，褥子放松了承载，一个与春天有关的梦，从嘴角散漫地溢出。

报春鸟，在粉艳艳的桃林里鸣啭千回。

一只蛙和一只蟾蜍，在远处的池塘，跳着欢快的肚皮舞。

蚯蚓很忙碌，它叫醒了所有的同类，在淅沥的雨中，开始疏松板结了一冬的忧郁。

报春鸟声声啼唤，嗓音清亮。

土地从冬眠中醒来，自个儿捶打着酸麻的腰身……村舍安详，晌午了，炊烟在屋脊上曼妙摇摆，饭香浓郁，锅碗叮当……

此时，一只芦花公鸡，领着一群母鸡，徜徉在细雨中，它们都很激动，兴致勃勃地谈论着天气。

报春鸟，在雨中穿梭。

它看见了瓢虫、蚂蚁、蚯蚓；看见了蟋蟀、螳螂、屎壳郎；看见了蜻蜓、蝴蝶、蜜蜂；看见了燕子、麻雀、黄鹂……春天热闹起来了。

牛和犁，站在雨中，庄严而又神圣。它们在等待，等待那个为土地写诗的人。

早　晨

　　我挽起裤腿，行走在田埂上。这是一个多雾的早晨，湿漉漉的青草，抚摸着裸露的脚踝。

　　雾比我还要茫然，这个早晨全然成了雾的天下。我被雾托着，像一叶漂浮在波涛上的舟子。

　　浓雾撕扯着田野和模糊的庄稼，分割着远处的山峦和近处的树林。一只鸟，突然惊觉，从乳白色的幕帘穿过，那时，我的心脏扑腾了一下，童年的村庄，在眼前露出了灰色的檐角。

　　我失重的身体，在迷雾即将散去的时刻，与灵魂一起落在了地上。

　　庄稼从迷迷糊糊的梦中，被一缕清亮的曙色摇醒。一只绿花公鸡站在我家的院墙上，开始和太阳深情地对话——

　　喔喔……

　　我的脚下分明感到了一种柔软，那是春天的柔软。就在这一刻，我知道，土地醒了。

油菜花开了

　　油菜花开了，或许就在凌晨的那场春雨里。

　　朦胧中我听到了鸟叫，很清晰、很嘹亮，接下来就有了风声和雨声。雨不是太急，但却密而且细，她轻柔地在瓦脊上奔跑：沙沙沙……感觉像是一双秀美的手在琴键上灵巧地弹动。

迷糊中像是听到了金属落地的叮当声，脆脆的，余音袅袅。

眼帘有光闪动。揉揉惺忪的眸子，玻璃窗泛出黄澄澄的光亮，那黄交织成一种迷离、一种情绪的恍惚，让人魂不守舍。

悄然开门，一阵轰然的笑声扑面而来……

油菜花开了。它不是一朵、一枝、一株、一圃，而是一次浩大的铺展，一次汹涌的奔泻，一次狂放的渲染：那黄，那金，那明艳，宛若焰火，把山谷、洼地、田畴、河滩，烧成一片璀璨。

一株油菜花并不可爱，并不美丽，并不让人感到惊心动魄，而一片、一块、一山梁、一河滩，那就不同了。美有时就是一种相互的牵手、凝聚和守望，这是生命的意义，也是生命的价值！

油菜花开了，沿着她开放的花径，一路走过，我所收获的是这个季节的丰硕和精神世界的超拔。

刊发于《安康日报》2017年3月17日

麦子，恋爱的季节（二章）

农夫与麦子

麦子黄了。

风牵着热辣辣的气息，从厚实的麦田走过……炽热的太阳，此时，正在和一个农夫对峙。那被烤炙的肌肤，在广袤的田野，闪烁着镔铁一样的光泽。

无须赞美啊，因为累、因为苦，也因为麦子金黄的色泽，一种欲望的基因，将人俘获，将大地收买，将苍穹下的骚动延续……生命以劳动的形式展开。于是，夏天在欢悦、鼓噪，血脉畅达，精神澎湃……田野在摇荡，在风骚，在迷离，收获已经成为挑逗的可能。面对一丝不挂的起伏，面对放纵的生命曲线，柔弱者的胸腔突然升腾起雄性的激素……站在麦田，舞之蹈之，如癫似狂。那一刻，藐视天下的感觉如吮琼浆。

站在麦田，谛听那些细碎的声音，一粒麦子与一粒麦子的诉说，语言带着麦芒的尖利，然而，一切都像神祇的启示，千年的宿命，天地在雄浑的交合中走向大美……麦子是一种姿态，一种饱满的姿态，一种微末的姿态。麦子啊，它喂养了人类的蓬勃……田畴纵横交错，生长的节奏，在季风中渐渐走向尾声。农人的命运，还有他的后代子孙，像麦田里的风景，一道一道闪现。那些作为生命的个体，有的随着麦粒去了土里、去了山坳、去了岁月无法找到的路径，也有的化作一滴水、一滴血、一滴莹亮的眼泪……

麦子黄了。

季节在这一天，突然羞涩。麦田在梳妆：手指纤纤，发丝飘飘。两个裸露的身躯，将在穹顶下相遇、拥抱、亲吻。原谅这个筋骨嶙峋的男人身上的污垢和汗滴，原谅他混浊的眸子中闪烁的焦渴，原谅这个阒寂的正午太阳锥似的刺痛，原谅麦田脱去衣衫后令人销魂的惊艳……这一天，我们称之为收割，这一天的真正意义，其实是水乳之情，是生命与生命之间的一次换位。

麦子黄了，麦子熟了，麦子香了。

风景嵌入大地，最美的时刻，只有农人在弯下腰身的时候，才能体味出来。那一刻，任何崇高，都显得矮小；任何高贵，都在这弯曲的腰身面前，重量尽失。

麦子与镰刀

麦子很壮、很瓷实，风吹不动，这个季节，时间几乎完全被成熟的麦子主宰。

于是，麦浪翻涌，像一个风韵迷人的少女。在六月的早晨，麦子的曲线，蜿蜒成一个仰卧的胴体。这明目张胆的挑逗，连那轮火团一样的太阳，也羞红了面颊。

镰刀在我的手里跳跃了三次，昨夜它已磨亮了牙齿。

这镰刀通身都有灵气，据说，它是一柄钢刀打成的，我怀疑那刀曾有过太重的杀伐，因为就在此时，我听到了镰刀错动牙齿的声音。

呵呵，这毕竟不是血肉切割，丰收的麦子，倒在辽阔的田野。镰刀的齿轻轻地合拢，它柔情地吻着麦子的身躯。麦子一片片倒下，一片片倒在镰刀的怀里……

这段情，麦子没说，镰刀也没说。

直到有一天，镰刀的齿全部脱落，麦子才知道，它与镰刀的"吻别"，在昨天就已经画上了句号。

那一刻，麦子突然老了，老得失去了筋道、失去了麦香的味道！

刊发于《源·散文诗》季刊2016年总第二期

时间的露水打湿了叶子（外一章）

干燥的叶子，被时间的露水打湿。

风华透着醉绿，时间以露水的莹亮，诉说一段美好的情缘。

翻卷的叶子，终于开始伸展，开始显露叶脉，开始以厚重的色泽彰显自己羞涩的感慨。

时间的注脚，停顿在依依不舍的留恋里，露水激动着，纯净悄然消弭浮起的尘埃。

夏天，葱绿的叶子在正午卷曲。

世道的嘲笑，污秽了苍穹下的空气。叶子与树，失去了浇灌，失去了花雨的沐浴。

如果树在时间中走失，如果在夏天的某个正午，叶子不慎酣睡，也许，很多错过就会变成现实。

走失的树回到叶子的身旁，那一天，叶子醒来了，醒来的还有那个早晨。时间的吻别，在大雾中扑朔迷离，于是叶脉上滚动着露珠——惊心动魄的莹亮！

山 坡 上

桃子滚落了，青涩的还留在树上。

山风扯破了喉咙，可怕的骤雨，噼里啪啦抽打着静穆的潭水。

旧事重提，牙口已经老了。

山坡上，多年前的风华，在缤纷中谢幕。

我与迟到的夏天，一同奔跑，就像两匹驰骋的马。我要说的，全告诉了山坡上的桃林还有那群羊。

咩咩，有一只在说，很温情，另一只嘴里衔着半个桃子。我有点惋惜，那是一个早熟的桃子，滚落了，甜甜的味道留给了羊。

风的喉咙很强劲，它在山坡上炫耀自己的肌肉。

我与夏在风雨中纠缠，像麻花一样扭动。羊，一只两只十只……它们变换着队列，缓缓地朝山下移动。

山坡上，桃林丰茂，还有那些青涩的桃子，胖乎乎的腮帮泛着淡淡的红晕。

那一刻，我有些激动。曾经像桃子一样硕壮的岁月，被噎在了嘴里，前世今生，久久地反刍……

刊发于《包头晚报》2016年4月19日

与水有关（组章）

打 鱼 人

月光已经碎了，留下一地暗淡的斑驳。

忧伤的卵石变成了一群蝌蚪，据说，去了远方。

打鱼的人，在黑夜里蹒跚，沿着梦境的草丛走不到尽头。

河湾，无法润泽渔网，干燥的空气里嗅不到一丝明净。

鱼呀，鲤鱼、鲫鱼、白鱼，早已藏在沙滩的底部，僵硬的身躯做了化石的兄弟。

打鱼人，踩着碎了的月光，一路唏嘘。

他瞧见鱼的眼睛，眨呀眨的。

河滩突然一片银亮。碎了的月光在天空游弋，一些长了翅膀的鱼在夜色中穿梭、飞翔……

打鱼人，撒下了网。

等待活水

童话沉没了,还有鱼的骸骨。

藻类在水面漂浮,两只水鸟飞过,一声啁啾,算是回应喑哑的涛声。

季节的涨落毫无灵气,打蔫的波光,等待一些摆动的尾巴。

河上的行船,撒下垂钓的饵料,太阳晒暖了水面,却晒不醒冬眠的神经。

没有鳞片的河水,就像没有灵魂的人。

河水也是需要呼吸的。呼吸的水,才是活水,那是数以万计的鳃在吐纳。

看春水漫过来,沧浪的手掌轻轻拍击蜿蜒的堤岸——

一根钓竿孤悬烟波之上,细雨中默默守候……

一条溪流的命运

一条溪流,从岩石里涌出。很清亮、很活泼。

流过林子,鸟在饮;

流过草地,虫在饮;

流过稻田,蛙在饮;

流过村庄,人在饮。

她流啊流,清清亮亮地流,甜甜蜜蜜地流,欢欢喜喜地流。

有一天,她突然被挖掘机和铲车,强行改变了路线。命运从此跌落,她被关进了漆黑的涵洞,泻落的污泥浊水,从不同的方向涌来。

她死了,死在一个秀美的小镇。

池塘里的月亮

十五的晚上,月亮在池塘沐浴。

蛙在敲鼓,一阵一阵的鼓声,打破了山村的静寂。红的鲤鱼、黄的鲤鱼、白的鲤鱼,在池塘嬉戏。

月亮的裙裾散开了,与鱼的尾巴一起摆动,与凉爽的夜风一起缠绵。看一张素洁的脸盘在池塘飘摇,从东边到西边,从南边到北边,满池塘都是月亮的眼睛。

又是十五的晚上,月亮在池塘沐浴。

蛙声息了,鲤鱼的踪迹消失了……月亮陷落在池塘,一张素洁的脸盘,慢慢地被一池腐水吞没……

天空依然清亮,一个孤魂在游弋,泪汪汪的眸子。

刊发于《伊犁晚报·天马散文诗专页》2018年7月30日

光的片段

1

霜冻的土地收藏了太阳的光,板结的肌体下,是游走的气血。

早春的时候,阳雀鸣啭,牛套上了犁铧,那铧刚刚在铁匠铺淬过火,蓝幽幽的光,在精铁上跳动。

牛在广漠的田野,切出了一道道沟壑,土地有些干燥,蒙蒙烟尘下,精铁幽蓝的光与土地流畅的气血,贯通、融合。

生命的婚床已悄然铺展,金色的种子从黧黑的手掌,急不可耐地跳进了深翻的土层,光覆盖了它们,而憧憬将接受季节漫长的孵化。

2

铁匠铺里,铁匠锤打一块烧红的铁块,炉火里掏出的光影,终于在汗水的淬炼中,精魂附体。

艳阳高照,惠风和畅。一种光与另一种光相遇,麦子在夏风中接受了太阳的抚慰，光在籽粒的血脉里澎湃。镰刀走来，它被一双青筋暴露的大手紧紧攥着，锋利的齿似在反刍沸腾的火焰。

两束光的碰撞，让麦香和汗水凝结。于是，光开始沉淀、冷却，收敛了锋芒与杀伐，藏进了温和的眸子。

3

时光一遍遍地敲打记忆，软化的姿态，恰到好处地呈现了一种典雅的风韵。

一件绸缎的小袄，一对美丽的窗花，一双针脚绵密的布鞋，一顶孩子的虎头帽，一方美丽华贵的丝巾，剪刀与光影对称，针脚游走在光影的纹路里，日子的嚼头便有了悠远的味道。

生活锤打着光影，粗糙的、细腻的、甜润的，它们分解了光的颜色，就像太阳被四季诠释、分割一样。

铁匠说，他是在光影里锤打自己，瞬间的炫亮中，他又活了一回。

刊发于《星星·散文诗》2018年第6期下旬刊

夏的序曲（组章）

夏 之 韵

阳光的力度突然变得锐利。江水上涨，丰腴的情感，波光粼粼。

黄昏的水面，渔舟以漂浮的轻盈，写意唱晚的序曲。

静谧。水天相接，烟岚中，倒映的景色，荡漾着诗意的朦胧。夕阳泼金，千年岩石上，盘坐着静如处子的古塔。归鸦倦了，弹丸般落在沧桑的塔尖……传说的魂灵，驭风而来；柔韧的手指，拨弄檐角垂挂的铃铛，于是，诉说悠悠……

阳光熨烫着城墙根粗砺的汉砖，潮气化作云霓。

倾斜的城门，不堪高楼的挤压，一天天佝偻。老去的时光，拖着懒散的步履，沿着幽深的巷子，蹒跚前行……民歌从清唱的木门里走出来，一路拾捡遗落的况味，健朗的背影踩着山道的高度，节节攀升……夏风习习，听啊，天籁袅袅、天籁袅袅……

大雨过后

大雨过后，词语开始了新的组合。

面对那些谢落和流逝的物事，文章选择了短暂的停顿。而语言的光芒总是簇新，在呼吸的地块，倒伏的庄稼，撑起年轻的腰板——向村庄喊话。

大雨过后，溽暑踏着炙热的节奏，从肥壮的苞谷林里走出来。一路蒸腾的思想逶迤在田埂——姿态渲染得美不胜收。

蝉是夏天的喉咙，大雨洗脆了嘹亮，铜质的声浪扑面而来。此时，一个关于丰收的合奏，在辛辣的热风中搭起台子……这一天，山南热闹非凡。

晨 曲

红鲤鱼探出了头，深海里的潜流在沸煮。

也许就要熟了，神的手指在掐算。

看见了，有人在喊。缠着绒线的粉嫩，从红鲤鱼的嘴里吐出。此时，巨浪层层掀起，叠加的云团涌向四方。

华丽的灯盏，透明的灯罩，灯芯被拧得炫亮。过程没有简化，笙歌曼舞的仪式，渲染着千古不改的威仪，神的金冠下是面如冠玉的辉煌。

银色的马车隆隆碾过云彩，沿着苍穹巍峨的弧线，山河的苍茫在胸中写意。

一篇辞赋，醇美如酒，金杯中荡漾的倩影，摇曳着微醺的身段。

　　麦子黄了、麦子香了，玉米青葱的队列在山冈上拥挤。丰收在夏天演绎检阅的阵容。

　　神在马车上张望，浩瀚的云海在火轮下翻滚。

　　手指触动的地方，厚实的田野像肌肤一样柔软。

　　清韵呼出，夏风火热酣畅。

　　　　　　刊发于《安康日报》2017年5月17日

秋天的心事（组章）

秋　意

凌波而来，水草在江面摇曳。

那些矮树的叶片，跳动着一簇簇火焰；江岸轻纱浮动，余晖穿着绣鞋，在透明的玻璃罩中曼舞。

风在静静过滤，空气中弥漫着熟透的稻香！

远处，或者说更远的地方，延伸的缥缈，正在一点点捕捉那薄如蝉翼的秋色。

秋意袭来，萧索的味道从鼻翼飘过。

风突然变得有些苍劲了，稻香散去，桂花在茶碗里漂浮。休憩的日子确定了，凉爽来临，在季节的面孔中，秋像大理石般光滑明润。

无须光着臂膀写诗，田园里遗落的字句，这会儿，可以在收割后的土地上，细细找寻。一粒谷、一粒豆……它们睁着的灵动的眼睛，在一首诗的句子中，俏皮地眨巴。拾起，连同泥土一块保存，于是，秋意浓郁、诗意浓郁。

鸟鸣婉转，秋洗涤了嗓门；蟋蟀的弹奏，有了金属的铮钚。走进秋的画卷，山在凸显自己的骨头，那些诠释的峭拔，成了画卷的一种诗意的补白。

秋在染，一把巨大的刷子在涂抹。

九 月

九月，没有套路可以遵循，凉风爽朗却又酷热难耐。

太多的借口，让季节的脚步在模糊的地带穿行。其实，这不是九月的错。人人在忙碌，这个季节为忙碌的人提供了思考的空间。比如九月，在与它有关的事情上，它喻示着丰收，以及丰收背后的吉祥。

九月黄了，黄在稻花香里。

然而，九月又有太多的虚假、太多的功利。舞台很绚烂，扭捏的舞姿，湿漉漉的微笑，摊在光洁的地板上，让日光无奈地去翻晒。

九月延长夏季，延长了一段不该延长的时光。于是，凉爽中总有热浪，总有比热浪更躁的情绪。

秋天的心事

秋，把暑热锁进了新买的冷柜，然后，从炉膛里掏出焦黄的马铃薯。

山冈上的枫叶开始泛黄了。秋，坐在场院里的一块石头上，嘴里吃着香喷喷的马铃薯，心里就想：那霜染的枫叶会是什么样子？

场院收拾干净了，粮仓还有粮柜也腾空了。明天，日光朗朗；明天，秋高气爽。谷子、玉米、大豆，该舂的要舂，该脱粒的要脱粒。

粮仓满了，粮柜也满了，寻两挂大车吧！秋嘀咕。选一个好时辰，嘚儿嘚儿，蹄声欢快、清脆，拉进县城换成新嘎嘎的票子。买啥呢？秋，拧紧了眉头，突然一拍大腿：哦，对了，水泵！咱北山洼那十亩稻田，明年就不怕旱了。

秋，忙活完了，就天天翘望那满山枫叶的山冈，盼着霜来得早一点。

有一件事，秋，没告诉谁，他惧怕唠叨的婆娘。那天，从卖粮的一摞钱里，他偷偷抽了几张，买了一个比烟盒子大不了多少的"小傻瓜"，悄悄儿藏在了粮柜里。

于是，秋，天天站在院子里，瞅着对面的山冈，巴望着漫山遍野的璀璨。他要将那火红的颜色，"咔嚓"进"小盒子"里，然后，独自欣赏、夜夜把玩。

叶 子

一

一片精美的叶子，褪去了绿色。

渐渐泛黄的叶片，正在呃吮太阳的金黄；

秋天开始反光，很纯洁、很透明，甚至很剔透。

有的叶子只有叶脉，就像我年老时的经络，这些犹如经纬的网线，仿佛是一张人生的地图，一个人的思绪就那么被轻易打捞。

118

等待太阳来翻晒叶子,其实,有的已经脆裂,有的已经腐烂。

能成为金黄叶片的,实在是不多。

在寒霜中站立而没有凋零,精美地映照日光,叶子被太阳敲打,叮当入耳。

精美的叶子在树梢上摇曳,比树看得远。

二

叶子在冬天色泽金黄,在夏天绿如翡翠。

凋零了,化作春泥,营卫脚下的根须;燃烧了,化作明焰,照亮林间的路径。

做一片叶子,高贵且柔美。在所有的季节,叶子是和阳光靠得最近的。

叶子能听懂太阳的絮语,读懂太阳的羞涩,走进太阳的眼睛。

叶子是太阳的秘密,是太阳的纱巾。

铺满叶子的道路,其实也铺满阳光,即使是阴晦雾霭、风雨漫卷,走在落满叶子的道路上,总能嗅到太阳的气息。

那一刻,我们的内心正在和叶子重合。

一树金黄

一棵银杏树,长在机关院内西北角,一处很不起眼的地方。

春天的时候,院子里,一派葱茏。银杏树被淹没在了绿海里。在繁茂的季节，在花果充实的季节，银杏无法展露自己的存在。它的存在和别的树木的存在，显得是那样卑微和弱小。它没有占据一方好的水土，因此，它成不了风景。

秋天来了，所有的树都在脱叶，叶在暮秋翻飞。

秋风很苍劲，像刮骨似的，所有的树都光着膀子，向苍穹伸出乞灵的手指。

银杏树站在那里，站在西北角，一处不起眼的地方。南边的叶子泛黄了，朝北的还是油油的青色。黄与青是那样分明，就像一首诗的上下阕，有着别样的韵味。

冬天姗姗来临。院子里那些渐渐秃去枝丫的树，成了它的陪衬。于是，银杏有些羞涩。

白霜的早晨，有几只雀子在叽喳，像炸锅似的热闹。太阳已经出来，这是一团冬天的水色：晕红、迷离。那棵银杏，那棵站在西北角的银杏树，突然间，满树金黄。那些叶子，在淡淡的乳雾中，透出高贵的色彩：黄中杂糅着金子的成色，还有被晨露浴过的洁净……

银杏树站在那里，站在西北角，一处不起眼的地方。所有的叶子都在翻动、碰撞，那金黄，仿佛叩击出了一种声响：叮叮当当、叮叮当当……

刊发于《安康日报·文化周末》2018年11月2日

这个冬天（组章）

冬　雪

冬夜很长，长得找不到线头。

影子在舞蹈，北风滤出的声响，此刻在村庄的某个角落，被惊诧捂住了嘴。

檐上悬挂着的意味，坚硬如针，一种寒透骨髓的刺痛，让战栗在土地上横行。于是漫天交织的狂欢，伴着千万种纤柔的姿态，悄然中把灵魂托起。

这个夜晚，在黎明前慢慢炫亮，慢慢地，天和地从纠结中醒来。沉寂的宏大，在蕴藉的构想中，一抹浅笑从云影中浮出。

北风突然呜呜，像二胡的颤音，但瞬间被一头黄牛沉郁悠长的鸣叫搅散——

哞——哞——哞——

——天亮了，大地一片银白。

拔 萝 卜

父亲在地块拔萝卜。

土地板结,白霜覆盖了青葱。父亲拔了一棵,又拔了一棵……嫣红的萝卜,从土里带出了根须……这是霜雪的早晨,父亲在自己耕作的地块拔萝卜,一棵接着一棵……

"多肥的地块,多壮实的萝卜!"父亲灰苍苍的胡须上,挂着透明的冰碴。

父亲在这个霜雪的早晨,拔萝卜,一棵接一棵。板结的土地,被这个老人皲裂的手,一次次抚摸、揉搓,于是,土地感到了一种酥润,一种被关怀的温暖,悸动开始在地下游走,土地的脉络渐渐活泛。

瓦 蓝

此时天已放晴,残冬躲在了西山的枫林里。

阳光下,粉红的羞赧,在苍绿的叶片上,低吟浅唱。

这个冬天,实在有些短促,失去棱角的清寒,与河滩上的风一样,软弱无力。

于是,花在早晨,从容地梳洗,她站在霜雪的地面,捡拾抖落的残屑。

血液在大地的脉络澎湃,坚实的肌肤,突然间,在这个放晴的晌午,变得酥软。

暗香袭来,一张素颜,春色萌动。

凛冽依然在远处嘶叫、游荡，而躲在西山枫林里的残冬，愤怒地将它拽进怀里。

　　阳雀飞来，黄莺飞来……天放晴了——

　　一片瓦蓝，一片瓦蓝……

刊发于《安康日报·文化周末》2019年2月1日

童年的记忆（组章）

童年的木走廊

打开窗户，河风吹进来，阳光透进来，桃花的粉面映进来……窗下有一条木廊，宽不到三尺。木廊很精致，扶手明亮光滑，脚下的木板镶嵌得严丝合缝，脚丫落在上面，响咚咚。于是，母亲就喊：是谁的鼓槌在敲？……

木走廊紧紧扎在吊脚楼的腰上。

木走廊是我童年的跑道，整天价响咚咚。累了，仰叉着看天，看那灰苍苍的一角，时而有云飘过，时而一群麻雀飞过；时而一只老鹰定格在那里，双翼平展，许久不动……看天不如看河，就那么趴着或斜卧着，很舒适。河是曲的，但那是自然的曲，像美女的腰，柔软而又摇摆。

河从木廊下绕过，廊下便是一个湾儿，澄碧、温顺，像睡着了一样……船是河的曲调，很苍凉、很浑厚的曲调，我常常被这样的曲调震撼：嗨嚯、嗨嚯……那些弯曲的古铜色的脊背，从木廊下的河岸上攀爬过去，他们的肩上勒着一根粗壮的纤绳……一只只梭子一样的船，从河湾驶过，桨声欸乃、碧水荡漾。远了、远了，但那从胸腔发出的"嗨嚯"声，依然像雷声一样在天空滚荡。

吊脚楼的木走廊，是我童年的跑道。

我响咚咚地跑，响咚咚地跳。这宽不到三尺的跑道，却让我的童年与天空和大地接壤。我谛听着他们的语言，渐渐地我懂了，就像那一声声沉重的"嗨嚯"，突然强健了我的生命体魄。

十年后的某一天，我走出了吊脚楼，童年的木走廊再也承载不起青春的梦想，但我却牢牢记住了那声"嗨嚯"。我将它珍藏在自己的体内，让它成为我身上的一块骨头——嶙峋的骨头！

童年的桑葚

童年的桑葚很甜。农历六月，学校已经放假了，而桑葚差不多也成熟了。夏蝉喧闹起来，它们或在窗外，或在林子里，亮起嗓门一个劲儿催促——

喂、喂，桑葚熟了！

喂、喂，桑葚熟了……

一大片一大片的桑园，结满了乌紫乌紫的桑葚，贪嘴的蝉儿，顾不上催促我了，它们将自己细如麦芒的吸管，插进一粒粒桑葚里，摇晃着身子，卖力地吸吮可口的甜汁……

我每天像猴子一样蹲在桑树上，享受桑葚的美味，那酸酸甜甜的味道，把我的童年留在了浓荫如盖的桑园里……我的小嘴由红变成了乌紫的颜色，我的眸子也乌紫发亮了。母亲说：

你都快变成一粒桑葚了！

我当然愿意变成一粒桑葚，我就是这么想的。那个六月，我的老师——一个美丽的女大学生，她的家在遥远的巴蜀，来到这偏僻的陕南，孑然一身，举目无亲。我问她：老师，巴蜀在哪里？她粲然一笑，说：巴蜀啊，它在李白的诗里……老师病了，她回不了巴蜀。她说：蜀道之难，难于上青天……老师卧在榻上，两天了，水米不进……母亲拍着我圆圆的脑袋说：快去摘桑葚！

我知道老师是爱洁净的，我把自己一个刷牙的搪瓷缸，用灶灰搓了不知多少遍，然后用井水洗净，用毛巾擦干。搪瓷缸一下变得像新的一样，白亮亮的。我飞一样赶到桑园，那些吃饱了的蝉，唧唧唧地开始催促我了——

喂、喂，桑葚熟了……

我一边回答说：知道了，知道了！一边"嗖嗖"地上了树。不多一会儿，就摘了满满一缸子晶莹乌亮的桑葚……我的老师看到桑葚时，突然支撑起虚弱的身子，一双丹凤眼也活络了。我伸出小小的手指，从缸子里捏了一粒，说：老师，我喂你！老师微微一笑，张开了嘴……

就是这一缸桑葚，使思乡成疾的女子，找到了温暖，找到了家的感觉。康复了的老师俯下身，亲吻了我的额头，说：谢谢你的桑葚！童年的我竟然有点晕了，那会儿，我多么希望自己真的是一粒桑葚……

凉爽，流入心田

夏天像烙铁一样，烫伤了我的某个部位。

马路两旁，是歪七扭八停靠的车辆。正午的日光，像一条条耀目的金蛇，热辣辣的芯子，吱吱有声地舔舐左右的房舍和行走的路人，我不由得捂住自己膨胀的胸口……

马路边，一朵巨大的绿色的蘑菇下，一个小姑娘静静地坐着，在兜售这个夏天的清凉：绿豆汤、菊花茶、碧螺春……

她没有叫喊，没有吆喝，就那么静静地坐着，静静地。她的身旁搁着一对拐杖。

我要了一杯菊花茶，小姑娘笑了。那一刻，我感到一缕凉爽电流般传递到灵魂深处……

我把钱轻轻放在小姑娘柔软的手里，说：喝了你的这杯清凉，这个夏天我不会再烦热了。

刊发于《安康日报》2018年6月7日

倒 计 时（组章）

转 角 处

你就那么一闪身，不见了。

那是巷子的转角处，幽静而又清雅，一树巨大的芭蕉，伸出宽大的叶片。

裙裾有些飘忽，像五月的一朵云，而芭蕉的浓荫，掩盖了轻妙的踪迹。

转角处，余香还未散尽，遗落的散曲，仿佛一串透明的露水，悠然地滴落在青石板上。

转角处不是尽头，芭蕉是构思的秘密，或许五月以躲藏的方式，让人猜测。

只是那飘曳的裙裾，我曾在五月的天空见过——

火一样的红！

倒 计 时

声音在黑暗中嘀嗒，清亮透过浓重的雾霭。

落地的重量，仿佛带着一种黏性，被空气吸附，或者被一双眼球诱惑。

落地前，绚烂环绕，光的角度打在天幕，然而，下坠的力道再也无法挽回。

完美成为缺陷，惊诧的背后，有人攥着拳头。

但黑暗，以肃穆的浓烈，勾勒出浑厚的气息。

此时，嘀嗒声划过思想的荧屏，宛若一把锋利的小刀，触动了肌肤的表面。

于是，一线深红慢慢渗出……

终于，咬疼舌尖的感觉，传递到心脏，喊出来吧，眼里突然一片炫亮。

等待霜降

也许，有很多东西将面临剥离，就像一次减肥或是抽脂。

然而，你真的无法拒绝。那些季节馈赠的繁华以及饱满的姿容，都将无可避免地被卸妆。

昨天，你尽可以回味、咀嚼，甚至可以追悔莫及、捶胸顿足，但你的快乐和痛苦，丝毫阻止不了季节行进的脚步。

收起诅咒，即是对秩序的尊重。看空气慢慢澄清，看肥硕与臃肿在鞭笞中垮塌、泄气，高昂渐渐展露峥嵘……

一切似乎都在明朗化了，天空的亮度在增强，游离的情绪回到了正常的轨迹。

很多我们梦寐以求的东西，其实，只不过是镜花水月，而所谓真实，是骨头支撑灵魂的感觉，那是一种痛啊，很锥心，也很刺骨——霜降来了！

怀念劳动

农民手上的老茧正在脱皮，就像玉米的味道正在失去太阳的元素。

泥土的成色早已被人唾弃，父辈们耕耘的天地，只剩下了一缕细微的呼吸。

我的抱怨，被很多人藐视，在一片片风景树里，我没有找到自然的根须。

人造的景观，已经难分真假，也许，在某一天我们自己也看不清自己！

怀念劳动，是因为汗水能让我们变得真实。

玉米和稻田，蛙声和蝉鸣，季节在农家的院子总能找到自己的位置。

劳动一天，酸软的筋骨，在土炕上可以随意放松。

睡在与土地最近的地方，父辈中没有一个灵魂走失的。

迁 徙

山梁上，炊烟消散了。

瘫软的老屋，在最后一场暴雨中，遗骸彻底被泥水掩埋。

除了石头，一切都在疯长——灌木与葛藤纠缠，青草遮蔽了唯一的路径。

迁徙了，夕阳懒散地拨弄一树秋寒的红叶，没有牛的哞声,风的嘶鸣显得了无生气。

山梁横亘在雾霭里,那些世代寄居的生灵和血肉,走了,一户、一户……

去了山外,去了城里,去了一个陌生的环境。

山梁留下来,就像被随手丢弃的一根肋骨。

艰难的日子,迁徙成为必然,因为生存,因为苦熬的光景需要希望来拨亮。

然而,少了一根肋骨,你是否感觉到了一种隐隐的痛?

追 问

草色开始泛黄,风华转眼将逝。

花在茎叶上停留,露水与星光一同眨动忧郁的眸子。波光鼓荡着昨日的微澜,葱郁沿着沧浪之水寻找自己的根系。

一排柳树站在河岸,几株杨树矗立山冈:逶迤向北、蜿蜒朝南,抒情的叶子,饱和了浓荫的颜色。

世间没有绝对的凋零。有一种枯萎,在立夏后,突然返青,于是,山道被覆盖。

迟到的修补,染翠了另一种存在……曾经旺盛生长的植物,挂满了夸耀的言辞,华丽褪去了,舍去肥土的灵魂,开始蜷缩在一个角落,任由讥诮的风吹拂风尘的面颊。

肉身匍匐,贴近泥土的心脏,早已记不住冗长的经文。

菩提醒了,站在月下的树,亭亭如盖。

那一晚,天地空旷,夜莺千回鸣啭。一些与土地有缘的种子正在回家。

豁　然

一朵浪花归于深潭，静寂上的刀痕，刚刚愈合。

痛，还是隐隐的，像早春微寒的风，有一种透骨的凉意。如果会脱痂，疤痕是难免的，它在肌肤的表面将刻下一个符号。于是，记忆时时摇荡，在心灵泛舟，让一些本该褪色的水彩，重新焕然，丹青以空灵的投影，伸出纤柔的触角。

不能说出来，但思想已经解码，原本绑缚的忐忑，宛若突然接通输送的管道，暗流汹涌。压抑，在恍然的错愕中，被旋涡卷走。

不能说出来，任时光拍打痛着的部位，痛慢慢麻醉了语言，只有驰骋的风劲吹，而一场疾雨正在浇灭世俗的烟尘……

或许，解码并没有错，因为土层酥松，胚芽才能蹿出地表。

时间已经过去

时间已经过去。

蚂蚁啃噬了原创的构思，重新来过吧，逆流的船迎来了第一个浪头。灯盏在黑夜点亮，智慧从坚果里啄破了壁垒，烤炙的肉香引诱了蠕动的馋欲，接近心跳的花朵瞬间凋谢。往昔封藏在东山脚下，其根腐烂，栽培的意义被蚯蚓诠释。

东山啊，灵芝的山上神龙护卫，其根自壮，其叶葳蕤，其花醇香,神性的光芒,收获灿烂的果实……

时间已经过去。

张网的季节却已到来。挪出浩大的空间,让天地间的游魂寄居,让宰割的屠刀锈蚀,让美好的爱情接受孕育的土壤……

东山啊,往昔的淤泥肥硕了庄稼,一片片风景等待涂金的色彩,一簇簇嘉木抽芽了春天的语言。而灵芝的山上,神龙遁去,花雨飘洒,旭日拾级攀越:新的一天开始了——

听,时间嘀嗒……

开花的石头

一些顽劣的石头已经开花,烂漫似霞,荒原燃烧成一片妖娆。

无风。云彩衔着岁月的星光,掩藏自己的娇羞。而月亮从石头上探出了半个头,花香,缭绕成岚,于古桂下悠荡。

一只狼,在荒原上徘徊。没有喂养的食物,明天这具瘦骨,将成为一个完整的动物标本。

开花的石头扇动着透明的翅膀,与月光依偎……月亮咬断了自己的脐带,呱呱声,像是婴儿的啼哭。

荒原上的那只狼,也许看到了这一千古奇观,但饥饿的它,腰身垮塌,无力奔跑、嗥吼……

馥郁从狼枯槁的皮毛上掠过,如一袭缥缈的轻纱。

开花的石头,不再是石头。

荒原上的月亮,踩着湿重的夜色,在层层叠叠的花朵上,睡眠。

这一夜，一个绝伦的胴体，花蕊样粉嫩的肌肤，慢慢走进了狼的眼睛，它干涩的瞳孔渐渐莹润，渐渐明朗。

第五辑 历史况味

读　史（组章）

拜谒老子

孔子三十四岁那年，去洛邑拜谒老子。

从故乡曲阜到帝都洛邑，路程不算太近。孔子内心藏着太多的风景，路过黄河时，他禁不住走下马车，站在一块嵯峨的岩石上，将自己激荡的心情说给了黄河……那时，黄河没有现在这样混浊：清波澎湃，一浪迭着一浪。孔子站在那里，姿态伟岸。他凝神静气，仿佛听到了一种天地间宏大的回应，如龙吟，似虎啸。

帝都洛邑气象宏伟。帝都里的老子，像盛在青铜器里的酒：醇香、厚重、飘逸……

孔子急切地诉说，他把三十四年沉淀的才华，一股脑儿倾泻出来。最后有点磕磕巴巴，有点词不达意了……而那樽酒纹丝不动，一直静静地摆放在那里，安然中弥散着淡淡的酒香……千年后，人们一直猜度，当年老子说了些什么。

走出帝都的孔子长长舒了一口气，他朝着帝都的方向深深一揖，然后，有些索然地上了马车。那缕滑过鼻翼的酒香，自始至终他都没有抓住。

神人啊！孔子一声喟叹。

道德歌者

牛的蹄声惊醒了空寂的街巷。

那是二月还是三月，是秋季还是溽暑？总之，老子出了函谷关。出了函谷关的老子，须发尽白；出了函谷关的老子，悟出了大道的真谛。玄乎就玄乎在这里，倒骑青牛的老子，那会儿走了多长的路，不知道！

守关的士兵，睡眼惺忪，他们没有看见倒骑青牛的老子。

远方的天际有一团瑞气，据说那就是羽化的老子……

从函谷关走出，是道德必经的一段路程。道啊，她是老子心中的风华，是玫瑰的颜色，是春阳下酥软的泥土……

白发苍苍的老子，仙风道骨的老子，风光满眼、意气风发！他一边在颠颠簸簸的牛背上，哼着俚曲小调；一边抿着葫芦里香醇的美酒。于是，道德孵化了，在思想的胚胎中伸枝展叶——

五千言啊！

老子不知，他醉倒在牛背上。

庄子拒往

容貌清癯的庄子，穿着一身百衲衣，站在秋水岸边。

高贵的楚威王，揉了揉眼睛。是他吗？这就是那个逍遥的庄子？他摇着头，一遍遍审视眼前这个邋遢而又孤傲的怪人。

船泊在江边，舱里码着珠宝和绸缎。同来的随从比画着王的来意，言语殷勤、暧昧，还有几分腻甜。

庄子突然嘻嘻一笑，说：我身上除了虱子、垢痂，别无长物。玉器虽多，没有储藏的地方；爵虽古雅，哪有佳酿相盛？丝绸华艳，只是我的妻子蓬头垢面，无福消受。

走吧，走吧，从来的地方来，到去的地方去。今日听了不该听的话，我现在要去秋水边洗洗耳朵了。

楚威王一脸讶然：天下熙熙皆为利来，天下攘攘皆为利往，先生这是？

然而，庄子已飘然而去，远处传来此起彼落的声声长啸。

建安铁性

嵇康从通红的炉膛中，钳出通红的铁块。

嵇康叮叮当当地锤打，火花四溅。

铁块是嵇康的骨头，嵇康锤打自己的骨头，一遍又一遍。

都说嵇康嗜好打铁，我却不以为然，"建安风骨"彰显的雄健与硬朗，其中一份属于嵇康。

嵇康反反复复锤打自己的骨头，那是精铁一样的骨头。

嵇康在风尘中挥动着铁锤，一腔吐纳的豪气让苍穹失色。

不向权贵低头，人格中的铁性，发出了金属的嗡鸣。

秋风起兮，云飞扬，嵇康的身后是波诡云谲的布景。

那是血一样浓艳的布景，而此时，神的手在颤抖。

最后一阕是《广陵散》。

嵇康用打铁的手调试这一曲凄婉的绝唱，白皙、修长的手指，开始在天地的神经上划动。

长跪残阳下的三千太学学子，哀哀啜泣，满眼火花曼舞，音符的光芒转瞬流泻。

一时，大地陷入阒寂，山河捂住了自己疼痛的胸口。

远处的天际下，流光溢彩。嵇康遗留下来的炉膛，依然紫焰腾腾——历史在等待打铁的声音。

城门的含义

王朝紧握着拳头。城门、高墙还有碉楼。

城门向着阳关大道隆隆开启，一个诗人、一匹瘦马，颠沛着苦吟的字句。麦苗正在返青，平仄的步子，将要抵达朔北的驿站。

城门内，雕梁画栋的宫阙。此时，歌舞升平。王朝的气象，被浓郁的酒香稀释。

潇洒的帝王，醉卧在脂粉堆里，甜美的鼾声，从中原传到幽州，被一个胡儿的手掌牢牢攥住，悄悄拴在了马尾上。

王朝的拳头松开了。

城门张大哀伤的嘴，无奈地咽下滚滚狼烟。胡儿的坐骑上，马尾抖落的鼾声，变成了一串悠长的呜咽。

辉煌的长安、辉煌的楼阁，还有你辉煌的唐朝，一夜间，瓦砾遍地。

胡儿的弯刀，血光闪烁。朔风的腥臊，污染了盛唐高贵的牡丹。

帝王被肉欲和酒香浸泡的身子，已拉不开沉甸甸的弯弓。

天堑蜀道，人困马乏，仓皇西逃。

三军怨怒，皇权瘫倒，马嵬坡上白绫漫卷。可怜啊，妃子赴死。一个气壮的唐朝，竟然把颓败的责任，加在了一个柔弱女人的香肩上。

城门松弛了。王朝的嘴咬不动坚硬。

一个唐朝慢慢颓废，慢慢腐烂了。

星空下的辽阔，驰骋着一群俊逸的面影。

那些诗意的名字，比起风华绝代的美丽，只有平仄才能托起它们不朽的身姿。

唐朝豪气

从碎叶镇出发，一个孩童，渐渐长成俊朗的大汉。

错落的步子走在错落的文字上，有韵的情感，敲打着铿锵的节奏。

今夜，宿眠月下，头枕长剑。切莫笑，袒胸露腹，形骸放浪。

才气、傲气与骨气凝聚。舞动平仄，犹如舞动手中的青钅工。

千古李白点缀了千古山水。

至今，寻着氤氲的酒香，我们还能看见一个飘逸的影子，在唐朝的月光下徜徉……

唐朝血色

杜甫在唐朝的茅庐喝酒。

最后一块牛肉,最后一杯酒。

月光惨淡,秋风劲吹。杜甫嚼着最后一块牛肉,津津有味地品着最后一杯酒。

举杯邀明月,对影成三人。杜甫吟诵李白的诗,那是酒一样的味道。

唐朝的李白与唐朝的杜甫,一个是灵芝,一个是苦艾!杜甫蹙眉自语。

茅庐内虫鸣唧唧,茅庐外月光朗朗。

衰老的杜甫,咬不动最后一块牛肉。一杯酒,是一团火,一团火烧着空空的腹。

没有食物充饥,昏花的眼睛只有搜寻一些字句,搜寻一些清晰或是朦胧的图景。

瘦骨嶙峋的杜甫,将这些意象,一股脑儿塞进嘴里。

他来不及反刍,他要用这些苦涩的味道填充饥肠辘辘的肚!

唐朝被一个杜甫,煮成了一种沉郁的风格。

富丽的唐朝、丝竹声声的唐朝,终于飘出一缕哀怨、一丝喟叹!

一个词,一个字或句,在唐朝的茅庐里,酝酿成血泪的浓度。

杜甫，唐朝的杜甫，孤独地用一双竹筷，敲打桌沿：平平仄仄……

唐朝的声音，从那一刻起，有了山河的共鸣；

唐朝的砖瓦，从那一刻起，有了清寒的血色；

唐朝的肌体，从那一刻起，有了诗人的风骨……

中国的青花

遥远的唐代，青花就在生长。若隐若现，在雪一样洁净的白瓷上摇曳。煅烧的灵魂，凝结成高贵的气质。

唐、宋、元……青花一路走来，最后在景德镇的一孔官窑里——异彩纷呈！

那神秘的钴，只是一种原料？

若没有它的附体，青花与瓷怎能风华绝代、花容月貌！

帝王的龙案上，摆放着华丽的青花；

王公贵胄的茶几上，摆放着富贵的青花；

富甲一方的商贾的壁橱里，摆放着精美的青花；

江南的茶肆、北方的酒肆、朴素的市井小院，青花在烟火里卓立。

中国的青花，是血液的燃烧，那淬火而成的晶蓝，最终回归苍远。

于是，灵性在窑火中升腾，慢慢地，慢慢地，青花把自己熬煮成火中的焰——剔透、炽热、灿烂！

刊发于《安康文学》2018/冬

我眼里的海子（组章）

海子的麦田

海子眼里的麦子，燃烧在五月的田畴。
那是一个灿烂的五月，她比成熟来得还早。
于是，年轻的海子、天才的海子、诗人的海子，等不及了。
因为收获，他将麦子一层一层堆积……

那个五月实在是来得太早。
她让诗人误解了收获的含义，误解了收获不仅仅是收获本身，还有生命存在的意义……
我猜想：麦子在那个五月，不一定饱满，她由收获的母腹中早产了……
这样的猜想，我没说出来，我怕年轻的海子怨怼的目光。

五月的这个午夜里，我一遍又一遍读海子。
我的手总忍不住要伸向麦田，我想揉捏一把五月的麦子，嗅一嗅麦粒的馨香。

我为海子惋惜，还有那些摇曳的麦子以及在残阳下的麦田。

在海子之后，麦子成了一种诗歌的意向。

我懂了，为什么有那么多的诗人，在海子的麦田，捡拾麦粒、麦秆，以及麦芒。

海子无言，海子在五月的错误，是因为收获得太早，或许那一年的季风传递了错误的讯息。

海子带着并不饱满的麦粒去了一个没有归途的地方。

太多的诗人还在写麦子，但那不是海子眼里的麦子，不是！

五月是不能重复的，就像永远的海子不能重复一样。

那个五月，或许埋藏着诗的悬念，因为只要你写下麦子，你就复制了一个五月，你甚至还想把自己复制成一个海子。

在五月的这个难眠的午夜，我在批判海子：

批判他的麦田还有麦子；

批判他游荡在麦田的灵魂，那样诡异；

批判他拍打生命的手，是那样冷酷有力。

明天我会醒得很早，在这个同属于海子的五月。

我只会去经营玉米、高粱，那些麦子就让它们留在海子的诗里。

闲了，我可以细细咀嚼！

海子，把收获留给了别人

海子丢失了自己的眼睛，海子去天国寻找他的眼睛。

撂下的麦地已经泛黄，麦穗日渐饱满……海子，匆匆走了，他没有来得及看他的麦地——那一片即将收获的景象。

风萧萧兮，仓促上路。海子走了，那一天，麦子疯长……

海子丢失了自己的眼睛，那双眼睛是心灵的窗户。

海子丢失了眼睛，在世界上的日子，海子便陷在了一片麦地，从那时起，他开始种麦子。

青葱的麦苗，被海子码成了文字。站在麦地，海子等待星光后的晨辉，等待夏日后金黄漫过腰际，那时，他的诗意的翅膀，会扇起巨大的旋风。

海子走了，这个目盲的哲人，他太相信自己的宿命。

海子啊，他摸索上路的那天，有多少花为他再次盛开，而他的麦子在那一天竟然早熟了，但这一切，没有撵上海子上路的脚步。

海子走了，他那么固执，独自一人嘟嘟囔囔，独自一人跌跌撞撞……

海子留下了一片厚实的麦田。收获的季节还未到来，麦田已被别人收割。那些籽粒尚不饱满的麦子喂养了一大群人，很大很大的一群人——诗人！

天国里的海子不知道。

凡·高的向日葵

凡·高的向日葵在苦雨中生长，那一片洼地被浸泡。

滋养来自人间的烟火，壮实的秆，撑起葵花的笑脸。

太阳对辛勤的奖励，是从早晨开始朗照，凡·高的胡须黄了、红了、亮了，那是一张葵花一样的脸。

凡·高收获了自己的葵花。多少年过去，他一直守在那片洼地。

衣衫褴褛的凡·高，却长着葵花一样的脸盘。

他的头发、胡须，还有眼睛，在世界的每个角落，总是光灿灿的，让人觉得，那个干巴巴的凡·高，像火焰一样灼热！

向日葵，那是凡·高的脸，在等待太阳的滋养……

刊发于《散文诗世界》2014年第7期

诗人骆一禾

题记：一个海子的追随者……

之 一

你走了，就像一首曲子还没弹完。

飘荡的音韵，依然会在不经意的时候，从我们的心湖泛起。

先是海子，扼腕他的杰出，扼腕他那天才的诗情划过浩瀚的夜空。

你那时正读着海子的诗，你在海子的诗中找到了自己。

于是，岁月在某一天，俘获了你的激情。

你开始燃烧，比当年的海子，还要炽烈、明亮。

你没有复制海子，但海子的路被你延伸到了很远很远的地方！

如果时光挽留，如果……你的死，比起海子。

生命的分量让活着的意义徒增悲凉。

我不相信是诗剥夺了你生的权利，因为，你活着就是为了诠释诗的辉煌！

倒下了，猝然倒下，那一年，你二十八岁。

死，对于你还有早你而去的海子，仿佛成了一个永恒的玄谜。

你曾写下《修远》，那是一首诗。

在你活着的时候，你已确定了"修远"这条大道。

我坚信你的目光，对接了宇宙的浩阔。

于是，你喊出的声音，在今天，依然让春笋般涌现的诗人，内心惶惑！

一百年或许更久，在寥若晨星的诗人中，你，骆一禾！

依然是那最亮、最明的一颗！

之 二

广漠的夜空，燃烧着太多的星辰。

光焰褪去，漆黑落下深色的帷幕。

在燃后的遗骸中，有一节发光的趾骨。

远处，钟磬被敲打出雄浑沉重的节奏，香火弥漫缭绕在天国的门廊。

那一节趾骨，在祭坛的金盘中，紫气氤氲。

佛门高僧的荣耀，馈赠给一个早逝的灵魂。

舍利子，呈现在诗歌的殿堂。

一颗，又一颗星星，倏然陨落。

诗人啊，那些微温的句子，已经种在五月肥沃的大地。
它们一茬一茬茁壮，又一茬一茬收进岁月辉煌的典藏。
记住这个诗人的名字吧，他虽不是佛门弟子，
但他圣洁的灵魂与舍利一样，闪闪发光。

压　轴（组章）

吃　茶　去……

吃茶去……

山上的翠色，泡出了妖娆。夏风在青瓷中跳舞，芬芳沿着禅院呼唤经卷中的名字。禅坐在那里，静待月光与影子的到来。

这一盏青瓷留给夏荷来品尝吧，浏亮的露珠，还有清明前的翠峰。听木鱼空空，泊在茶汤里的烟岚，摆动了一下腰身，于是，一湾浅笑留在青瓷中晃荡。

吃茶去……

一袭僧袍，打坐在暮光里。荷塘如梦，梦如荷塘……凡尘中的喧嚣，在青瓷中沉淀，汤色渐浓，汤色渐清……

备　案

我被一种经纬绊住，这样的绑缚，就像一只蜜蜂撞在了蛛网上。

无奈，命运向我扮了个鬼脸，于是，我交出了生辰八字，还有我今后迷茫的行程。

一张纸锁定了填写的内容，而作为记忆，它必须以一种韧性和锐利，镌刻在灵魂的标识上。我的憎恨常常被经纬无端轻视，我能逃出灾厄，逃出他人的操纵和掌控，但我无力改变命运的评判。

有人将纸袋牢牢攥在手里，说，这就是他自己……我知道，那是一张网，网上纵横的经纬在簌簌交织……宛若虫行的声音，迁延着速度的快慢，习惯了就不再决然。陌陌红尘，灿灿星汉，我们无法摆脱轨迹，就像月亮必须围绕地球旋转。

经纬组成的网，其实也是一部书，在攀附的日子里，我一个凡夫俗子，终于读出了一种久违的淡定与从容。

传　唱

天空落下缤纷的字句。
白天过滤的酒浆，醺红了思春的脸颊。
醉眼乜斜，夜晚迷糊了多愁的思绪。
一些长了翅膀的植物，用生锈的触须，摸索着，抒写过期的记忆。

声音婉约、清亮。
听啊，一个高腔跌落，一个低音浮起。
江面上，渔火星星点点。
扁舟停靠的地方，码头的汉砖正被流水吞噬。

是谁在叩击琴弦？

铿锵的音韵，回应着山川的搏动。

透明的音符在河水里沐浴，肌肤如雪……

于是，有人在唱。

醒了，一丝蜜意潜入心底……

压　轴

一丝暖意吹皱了碧水，月亮在静静沐浴。

远处，鼓噪声此起彼伏，天空有被撕裂的迹象，星光以银亮的指甲划开轻薄的云层，渗透的呼吸，在高原上开放。

有些崔巍、华丽，你无法说出来，总之，神经接受了气息的邀请，曼舞的姿态，扭动着女妖似的风骚。

夜晚，把一切秘密都呈现了，就像一次巨资的赌博。

阑珊在宣泄，无法遏制的澎湃，以尖利的牙齿，咬断了最后一根铁丝，幕帘哗啦坠落。

那一刻，夜的胴体突然曝光。端然而坐的寂寞久久张大了嘴——无声无息……

日　落

打击乐响起来了。

宏大启动了按钮，水漫过堤岸，飘飞的苇子，沿着蜿蜒的河道，站立成少妇的模样。

风，掀开了湘绣的华丽，文身的肌体上，最后一抹忧郁按上了一枚心跳的手印……

打击乐在耳膜回荡，咣咣声不绝，生命仿佛被一块石头坠着，从深渊仰视，天穹的瞳孔忽暗忽明。幕帘就要合拢了，一些游走的活物，还在幽潭里摆动着尾巴……

如果那一根垂挂的线，突然崩断，坠落的力量，会不会以震撼结束？一切未知，都以悬念的方式埋下诱人的伏笔。

打击乐在响。

刊发于《散文诗》2015·上半月②；入选《2015年中国散文诗精选》